「そなた、今『ムサシ・キドー』の名を口にしたか？」
イオリ・キドー
ムサシの妹らしいのだが、
兄を恨んでいるようで――？

「余が妖精王、ウルタであるっ」
妖精王ウルタ
愛称はウーたん。悪戯好き。

チップル
妖精・遊び人。
クララ
虎人族の少女。
メルに懐いている。
メル
『鑑定』スキルEXを
手に入れた少年。
色々あって、冒険の
旅に出た。
シルフィ（シルフィーナ）
記憶喪失だった、
フィリアニス王国のお姫様。
リザ（リーゼロッテ）
シルフィを捜していた
フィリアニス王国の近衛兵。

「貴方は、誰なのですか……？」
マリアンヌ
勇者の意志を継ぐ者と名高い天才剣士、だが欠点もあり——。
デリノ
悪竜に協力している妖精の少年。
妖精はニッと屈託ない笑みを作って答えた。
「オレの名前はデリノ。アンタと同じで、勇者に興味があるのさ」

俺の『鑑定』スキルがチートすぎて 2

Ore no Kantei Skill Ga Cheat Sugite

～伝説の勇者を読み“盗り”最強へ～

澄守彩　Illustration 冬馬来彩

CONTENTS

Ore no Kantei Skill Ga Cheat Sugite

Design／Yuko Mucadeya+Tetsuya Aoki (musicagographics)

一話　悪竜の刺客

「ふぃ～……いい湯だなあ。天国天国……」


首まで白い湯に浸《つ》かって、大きく息を吐きだした。

俺は今、温泉で長旅の疲れを癒《いや》している。

温泉。温泉だっ！

噂《うわさ》には聞いていたけど、浸かるのは初めて。まさかこんなに若くして経験できるとは。


ここはフィリアニス王国内の北西辺りにある、『水域』と呼ばれる区画だ。

王国は人口二万弱と小さいながら、国土はそこそこ広く、女王が住む中心区画からここ『水域』まではちょっと距離があった。

俺たちが王国に到着したのが、ちょうどこの『水域』だ。

知らせを聞いた女王が迎えに来てくれて、軽く汗を流したあとに、大きな宴が開かれた。

その宴が終わり、ゆっくり疲れをとってほしいとの配慮から、温泉をいただいているというわけだ。

天然の露天風呂。けっこう広い。ちょっとした池くらいある。

岩に囲まれていて、湯煙で向こう側の岩場がぼんやりしていた。

広すぎてやや落ち着かないものの、美味《おい》しい料理でお腹は満たされ、うつらうつらしてしまう。

このまま寝ちゃったら、本当に天国に連れていかれそうだ。


「ここで寝ては危険ですわよ？」

「ええ、そうですね…………………ってぇ⁉」


真横からの澄んだ声音に眠気が吹っ飛んだ。

湯の中をじゃぶじゃぶと水平移動して距離を取りつつ、そちらに目を向ければ。

「ななななな……」

「我が国の温泉は、お気に召しまして？」

たいそうな美女が湯に浸かり、にっこり微笑んでいた。銀色の髪をまとめ上げ、青い瞳が揺れている。

俺は直視できず、慌てて視線を下げてそらした。

が、それがいけなかった。

大きな物体に目を奪われる。大事なところは白濁の湯に隠れているものの、浮き上がった上部の谷間には湯が溜《た》まりを作るほどの大ボリューム。

あの中には、夢が詰まっているのだろうか……？

「ふふ、男の子ですわね。そんなに気になるのなら、触ってみます？」

「いいんですか⁉　じゃなくて、いえっ！　てか、なんで貴女《あなた》がここにいるんですかっ、エレオノーラ女王様っ」

そう、このお方はフィリアニス王国の現女王、つまりはシルフィのお母さんであらせられる、エレオノーラ・エスト・フィリアニス様だった。

「勇者様と二人きりでお話がしたかったのですわ。もしかして、寝所に忍びこんだほうがよかったのかしら？」

「どっちもダメですっ！」

あまりに刺激が強すぎるのでっ。

俺は抵抗と誠実の意を示すため、女王様に背を向ける姿勢になって尋ねる。

「それで、お話というのは……？」

問いへの答えではなく、女王様はちゃぷちゃぷとなにやら近づいてきて、

「ふふ、安心しましたわ」

「あ、安心、ですか……？」

「ええ。我らフィリアニスの王族は、みな成長すると似たような容姿となります。体格も、何もかもが」

「は、はあ……」

いったい何の話だ？

「あの子はまだ、子を生《な》す準備ができていない体。勇者様にも事情《好み》はおありでしょうけれど、くれぐれも無理はなさらぬよう自制していただきたく――」

「だから何の話してますっ⁉」

「――お願いしにまいったのですけれど、大きいのもお好きなのですわね。ですから、『安心しました』と申し上げたのですわ」

脱力する。『可愛い娘に手を出してくれるな』という牽制《けんせい》なのかな？

「俺はシルフィ……娘さんに邪《よこしま》な気持ちは抱いてませんよ」

「今は、そうかもしれません。いずれわたくしのように大きくなりました暁には、ぜひ溜まりに溜まったものをあらん限りぶちまけて――」

「母ちゃん落ち着いてっ！」

なんなのこの人っ。俺になにをしろとっ⁉

「半分冗談はさておきまして」

半分は本気なのか？

俺が呆《あき》れていると、さっきまでとは打って変わって、真面目な声音になる。

空気が、ピンと張り詰めた。


「二日前に、神託を賜りました」


「神託……って、大地母神様からですか？」

あの神《ひと》、また現れたのか。

女王様は「ええ」と答える。いい加減こっちを向けと言われたので、彼女と肩を並べた。直視はまだできないのですごめんなさいっ。

「ん？　でもシルフィは何も言ってませんでしたよ？　憑依《ひょうい》された様子もなかったですし」

「当代の〝光の巫女《みこ》〟はわたくしですわ。〝口寄せ〟は、わたくしが行いましたの」

なんとっ⁉　この美しい人が、あの『上から目線だけど押しにはめっぽうヘタレな』人格に乗っ取られてしまったというのかっ。

「なにか神をも恐れぬことを考えていませんか？」

「ソンナ、メッソウモ　アリマセン」

「そういえば勇者様もご存じなのでしたわね。シルフィーナに大地母神様が憑依なされたのを」

「ええ、まあ……」

「さぞ驚かれたことでしょう。わたくしもリーゼロッテの報告には驚きましたもの。本来〝口寄せ〟とは、神の意識をほんの一端お借りして、御言葉を世に表す術ですわ。自我は奥底に沈みますけれど、表に出るのは、あくまで自身の人格ですの。わかりやすく言えば、『寝言を口にしている』状態ですわね」

たしかにわかりやすいけど、ありがたみが減少してしまったぞ？

「ですから、大地母神様の人格をそっくり取りこむだなんて……我が子ながら、とてつもない才能を持っていますわね」

シルフィって、まだ固有スキルも授かってないんだよなあ。

「それで、どんな神託があったんですか？」

俺は大きな胸をなるべく意識しないようにして、女王様の顔を窺《うかが》った。

「悪竜に協力する不埒《ふらち》な者どもに、確信が持てた、と」

飄々《ひょうひょう》とした雰囲気が一変、鋭利な刃物を思わせる凄みが生まれた。

「前に話したとき、ある程度予測していたような話し振りでしたね」

『連中』しか思い当たらない、とかなんとか。

「まあ、『確信』と言いましても、大地母神様流の言い方をすれば、『わたしの目はごまかせないわよっ。状況証拠を積み重ねての推測だけどねっ』といった程度ではありますけれどね」

めっちゃあの神《ひと》が言いそうだな。

「会ったことあるんですか？」

「意識の一端をお借りすれば、まあ、それくらいは……」

女王様、『やべえ、ちょっと調子に乗り過ぎたかも』って気まずい顔をした。なかなかお茶目な人だ。

「こほん……。その不埒な者どもの正体ですけれど――」

「妖精、ですか？」

「さすがは勇者様。よくおわかりになりましたわね」

「前の勇者さんに『気を許すな』って注意されてたし、なんとなく、です」

女王様は「なるほど」とうなずいて、

「妖精は気まぐれです。以前は『勇者の剣』を創り、勇者アース・ドラゴに与えるなど協力的でしたけれど、今回は逆の立場になったようですわね」

「どうしてですかね？」

「……わかりません。彼らの真意は測りかねますわ。そのため、神託を賜りはしましたけれど、今後どのように動けばよいか我らの中でも意見がさまざまで、定まりませんの」

ほとほと困ったように女王様は肩を落とした。

敵は知れたが、対応に苦慮する相手だったということか。

……敵。敵？

待てよ？　アース・ドラゴさんはたしか、妖精は俺や世界の味方にはなり得ないと言っていた。

でも、こうも言っていたよな？

——敵にもならんから、せいぜい利用してやれ。

彼の言葉を信じるなら、敵視するのではなく、うまいこと言いくるめて利用したほうが賢明な気がする。

「妖精ってのに、会ってみればいいんですかね？」

「えっ？」

「あ、いや、真意がわからないのなら、会って探ればいいのかなって」

以前、大地母神様は、『神性』を持つ自分を読み取れば俺の体にかなりの負担がかかるからやめろ、と注意した。たしか妖精も、その『神性』とやらを持っている。

でも、やりようはあると思うのだ。

女王様は、ぽかーんと俺を眺めている。変なこと言っちゃったかな？

俺が不安そうに見やると、すぐに女王様は表情を緩めた。

「ふふ、さすがは勇者様……いえ、メル・ライルート様ですわね」

初めて名前を呼ばれたのもあってか、包みこんでくるような笑みにどきりとする。

「では、神託を受けての方針は、そのように。ただ問題は、いかにして妖精と会うか、ですわね。『妖精の国』は〝境界〟のあちら側。彼らの協力なくして、我らが訪れるのは不可能ですの」

「そこらを飛んでたりしませんかね？」

「だと、よろしいのですけれどね。ひとまずメル様は旅の疲れを癒してくださいな。妖精との接触方法は、我らも検討いたしますわ」

「よろしくお願いします」

俺は深々と頭を下げつつ、方針が決まってちょうど話の区切りになったので、まったくどうでもいい希望を伝えようと思う。

「あの、『勇者様』とか『様』を付けるのはくすぐったいので、『メル』って呼び捨てにしてもらっていいですか？　今さらですけど」

「そう、ですわね。いずれ義理の息子になるのですから、今のうちから慣れておかなければ――」

「義理のっ！　息子っ⁉」

「ええ。もう約束されたようなものでしょう？　ほら、『ママ～』と甘えた声でこの胸に飛び込んできてもよろしいのですよっ」

「……しませんからっ！」

一瞬の間があったのは気づかれていないだろうか？　ええ、ぐらついた。ぐらつきましたともっ。

女王様――エレオノーラさんはさすがにからかいすぎたと反省したのか、「ごめんなさい。反応が可愛らしくて、つい」と頭を下げた。

「けれど、冗談というわけではありませんのよ？　あの子――シルフィーナのあなたへの想いは恋愛感情と言うより、信愛と呼ぶべきものですわ。それでも、その想いは純粋で、とても強い。あなたとの思い出を失いながら、消えなかったものですもの」

「……はい。俺も自分の気持ちがどういうものか、ちょっとよくわかってません。結婚とか、そういうのも、まだ……。でも、俺だってシルフィに救われた。大切だと思う気持ちは、嘘《うそ》じゃありません」

独りぼっちで、農場の作業に追われる毎日。あいつの笑顔を初めて見たときは、心の底から嬉《うれ》しかった。

「……ふぅ、のぼせてしまったかしら？　先にあがりますわね」

エレオノーラさんが立ち上がる。さっと目をそらす俺。見てません。見てはいけないのですっ。

立ち去る間際、彼女の優しい言葉が降ってきた。

「娘を救ってくださって、本当にありがとうございました」

公式の場でのお礼は何度もされたけど、いずれも彼女は、シルフィを差すのに『王女』や『光の巫子《みこ》』を使っていた。

これは紛れもなく、一人の母親としての感謝の言葉だった――。

★

エレオノーラさんが立ち去ってしばらく。

俺もたいがい、のぼせそうではあったのだけど、いまだに湯の中から動けずにいた。

なぜか？

それは俺の目の前で、

「るんるんるるるん♪　らんらんららん♪　くるくるくるくる～♪」

虫みたいにちっちゃいのが踊ってるんですけどっ⁉

大きさは手のひらサイズ。人型で、ふわっふわの髪もつるんとした肌も、緑っぽく発光している。背中には半透明の翅《はね》が生えていて、羽ばたくたびに光の粒子をまき散らす謎の生命体。

んん～？　これ、あれですか？　もしかして、妖精さんですか～？

いやいやいやっ！　ちょっと待って。なんでそこらを飛んでるの？

妖精さんは俺が気づいているのには気づいていないらしく、水面をぴょーんぴょーんと跳ねて踊っていた。ノリノリである。

どうしよう？　『会って真意を探る』機会が、こんなに早く来ようとは。

だが、焦りは禁物だ。

下手な言動で悪印象を持たれてはならない。友好的に話しかけ、心を開いてもらわねば。

遠方に焦点を合わせて妖精に気づかないふりをしたまま、方法を模索する俺。

と、妖精さんはくるくる回りながら俺の目の前に飛んできて、

「ぷふっ、なんだか冴《さ》えない男ねー。これがホントに勇者なわけー？」

べつに、カチンときたわけではない。

ただ手を伸ばせば届く距離に、不思議生物が寄ってきたから。

それだけの、理由だったように思う。


がしっ！　「ぷげっ⁉」


つつつ捕まえてしまったぁっ！

俺は右手をすばやく前に出し、ものの見事に握りしめていた。

「えっ、なに？　なんなのー？　あんた、チップルが見えるわけー？」

俺の手の中で「はーなーせーっ。ばかーっ！　えっちーっ！」とじたばたもがく妖精さん。

こうなったら仕方がない。俺は開き直ることにした。

「お話があります」

真剣な表情で言うと、妖精さんはぴたりと動きを止めた。

「え、うそ、もしかして、愛の告白？　やだ、どうしよう｜？　チップル、困っちゃう｜♪」

俺の直感が、告げる。

たぶん〝真眼〟とかじゃなく、生物に必ず備わった生存本能のようなものだ。

〝選択肢を誤れば、いろいろ終わるぞ？〟、と。

とりあえず、妖精さんの素性を明らかにしようと思う。情報は大事よね。

彼らは『神性』持ちで、下手に『鑑定』して情報を読み取ろうとすれば、俺の体には多大な負担がかかる。が、ちょろっと小出しにやれば、どうにかなるかなーとやってみた。

＝＝＝＝＝＝＝＝＝＝
名前：チップル
称号：妖精・遊び人
＝＝＝＝＝＝＝＝＝＝

ものすごく下っ端臭がぷんぷんするぜっ。

まあ、妖精は妖精。割り切ろう。下っ端でもいろいろ知ってるかもだし。

俺は一度お湯から出る。片手で苦労しつつ、腰にタオルを巻く。

今は体がぽかぽかしているが、話しこめば冷えるだろう。足だけ湯につけて岩場に腰かけた。

さて。妖精相手でも、ちょっと読み取るだけなら頭がずきっとするくらいで、我慢はできる。

ステータスとかは後回しにして、【状態】に記されたチップルなる妖精の考えを、ピンポイントで探ってやるっ。

と、意気込んだものの、

「ふふ、熱っぽく見つめちゃって。でもー、そう簡単にOKしないからねー。うふふ、じらしてじらしてー、もーっとチップルを好きにさせちゃうんだからー♪」

……わざわざ読み取る必要なくない？　考えを垂れ流してるね。

ひとまず普通に話すとするか。体への負担はなるべく避けたいし。

「愛の告白では、ありませんっ」

正直に言ってみた。

怒らせてしまうかな？と内心ドキドキしながらも表情を崩さない俺。

妖精さん――自称どおりのチップルさんは、目を眇《すが》めた。

「へー、やるじゃない」

なにがですか？

「チップルと恋の駆け引きをしようっていうのねー。うふふ、楽しくなってきたわー」

「……チップルさんは、ここへなんの用事があって来たんですか？」

「あら、さっそくチップルのことが気になってるのねー。これはチップルの楽勝かなー？　チップルは、勇者がどんなやつか、見に来たのー」

「俺を見て、どうするつもりだったんですか？」

「そんなの決まってるじゃない。いい男だったら、誘惑してチップルの虜にしちゃうのー♪」

「…………可愛いですね」

唐突なのは百も承知で、いちおう正直に褒めてみた。

チップルさん、やれやれと肩をすくめて首を横に振る。

「事実をありのまま言うなんてー、ホント興醒めー。ちょっとがっかりかもー」

「……チップルさんのことを言ったんじゃ、ありませんよ」

「なっ⁉　もももちろん、知ってるわよー」

「髪型が、可愛いなって」

「ッ⁉　や、やっぱりチップルのことじゃんよーっ」

「……いえ、俺の友人の話です」

「ししし知ってたしー。な、なんなのー？　この男、チップルにまったく興味ナッシング？　うー、くーやーしーいーっ。ぜったいぜったい、振り向かせてやるんだからーっ」

だいたい、わかってきたぞ。

この妖精さん、質問にはあっさり答えてくれる。

そして俺との話にはどうしても、恋愛を絡めたいらしい。

うん、わかる。わかるよ。

このまま進むと、そこはおそらく、地獄だ。

彼女のペースで下手に恋愛方面に話を絡めてはいけない。

まかり間違って懐かれでもしたら、チップルさんはその隠密性《おんみつせい》と機動性と残虐性をもって、俺の近くにいる人たちをことごとく暗殺してしまいかねないのだっ。

「チップルさんは、悪竜に協力してるんですか？」

ここは単刀直入に切り崩し、とっととお引き取り願おう。

ところが、である。

「悪竜？　なにそれー？　チップルってば、デカブツはお呼びじゃないのよねー。せいぜい人間サイズ？」

「あれ？　悪竜を、知らない……？」

「ししし知ってるしー。あれでしょ？　ドラゴンよね？　悪いドラゴン。うん、あれねー、うんうん」

読み取らなくても言動で一目瞭然。こいつ、悪竜を知らないなっ。

「悪竜に協力して勇者《おれ》の邪魔をしてる妖精さんがいるらしいんですけど、知ってます？」

「ねえ、さっきからなんの話をしてるのー？　他の妖精が何してるかなんて、チップル興味ないしー」

こ、こいつ………「使えねえなっ！」

「ひゃあっ⁉　な、なになに？　なんなのーっ？」

しまった。チップルさんはぷくーっと頬《ほお》をふくらませ、涙目で睨《にら》みつけてきた。

「ごめんなさい。つい大声を……」

「ふんっだー。レディーを怒鳴るなんてサイッテー。もうあんたなんか知らないっ」

チップルさんを怒らせてしまったようだ。彼女はぷいっとそっぽを向く。

「他の妖精たちのことは、どうやったらわかりますかね？」

めげずに質問を続ける俺。

「ふん。妖精のことが知りたいなら、王様に聞けばいいじゃないっ」

素直に答えるチップルさん。

いいね。順調だ。恋愛話からも完全に離れたし。

「ん？　王様って……」

『勇者の剣』の特殊効果の名前に、『妖精王』という言葉があった。エレオノーラ女王も『妖精の国』がどうとか言っていたし、勇者アース・ドラゴの遺体を持ち去ったのは妖精王だった。

「妖精王には、どうやったら会えますか？」

「しばらく〝外《こっち》〟には出てないなー。『妖精の国』の王宮に引きこもってるよー」

「じゃあ、話をするには『妖精の国』に行くしかないんですかね？」

「あんたじゃ無理ねー。チップルなら案内できるけどー」

ふふん、と得意げなチップルさんに、「連れていってください」とお願いする。

「はあ？　嫌に決まってるしー」

あっかんべーっと拒否されてしまった。

「どうすれば、連れてってもらえますか？」

「えー？　そうだなー」

チップルさんはぴこーんと何やら思いついたようで、にやにやしながら答えた。

「手を離してくれたら、いいよー」

うん。さすがにわかりやすい。〝拘束を解かれたら飛んで逃げる〟気満々だね。

「そこをなんとかっ。お願いしますっ！」

俺は無視して勢いで押そうとする。

うっ、【状態】を読み取るのはけっこうキツイな。頭がずきずきする。

と、油断した瞬間。

「スパークっ」ぺかー。

チップルさんがまばゆく輝いた。

「うおっ、まぶしっ」

怯《ひる》んだところを、がぶりと嚙《か》まれる。

「いてえっ⁉」

俺は思わず手を緩めてしまい、

「へっへーんだー。ざまーみろー♪」

くっ、まんまと逃げられてしまった。チップルさんは俺がジャンプしても届かない高さで小躍りする。

「他を当たるのねー。最近、みんなちょこちょこ〝外〟へは出かけてるしー」

いい情報をもらったけど、できれば彼女を確保しておきたい。

いつどこでどんな妖精に会えるかわからないし、何よりチップルさんは扱いやすいからっ。

と、岩場の向こう側で声がした。

「なんですか？　今あっちが、ぱあって光ったですよ」

「ちょ、クララ！　そっちはメルがいるんだってば。タオルくらい巻きなさいよっ」

クララとリザの声だ。あっちは女風呂だったのか。

「あ、兄《にい》さまっ♪」

クララがぬっと上体を現した。どきりとしたけど、リザがちゃんとタオルを体に巻いてくれたらしい。

「今、誰かとお話ししてたですか？」

「あ、ああ。そこに妖精が……」

俺が虚空を指さすと、チップルさんがびくりと警戒した。俺ではなく、クララを見て怯《おび》えている。

「……そこに、なにかいるですか？」

ほっと胸を撫《な》で下《お》ろし、俺にふふんと横目を流すチップルさん。

どうやらクララには見えないらしい。

俺は〝神眼〟があるから見えているのか。

「それじゃー、バイバーイ♪　もう二度と会うことはないだろけどー」

いかん。このままでは逃げられてしまう。

そこで、一計を思いつきました。

「く、くそうっ。でもよかった。さっきの光をもう一度食らったら、俺は立っていられないほど苦しんでいただろう。ああ、よかった。またあの光の攻撃がなくてっ！」

チップルさん、にゃぁっと悪魔的な笑みを浮かべる。

「あははは｜。弱点発見っ。いくよ｜。スパークっ！」

おお、まぶしいな。でも目を細めれば耐えられるくらいなんだよね。さっきはいきなりでびっくりしただけで。

「クララっ、光の中心に飛べっ！　そして咥《くわ》えろっ！」

「にゃ｜♪」

クララ、なんの疑いもなくぴょ｜んと飛ぶ。

かぷり。「ぷぎゃっ⁉」

見事、輝く妖精をゲットした。

クララにはチップルさんが見えてないけど、技名『スパーク』による発光は認識してたもんな。

俺は着地したクララの頭をよしよしと撫でながら、彼女の口からチップルさんを救出する。

なんか、ぐったりしていた。

外傷はなさそうだ。クララがうまいこと咥えてくれたみたい。食べられるとの恐怖で気絶してしまっただけらしい。

とにかく、『妖精の国』へのカギは再び手に入れた。

あとは、どうやって騙《だま》――なだめすかし、カギとして機能してもらうかだな。

うん、気が重いよ……。

★

謎の発光生命体の正体は妖精だった。

チップルという名の下っ端妖精を捕まえた俺は、みんなと一緒にフィリアニス王国の中心部へと向かう。

妖精王に会うためには、『妖精の国』へ行かなければならない。

未知の場所へ赴く前に、準備を整えようと考えたのだ。

王国の北西に位置する『水域』から、川を南東へ下ったところに、『土域』と呼ばれる区画がある。そこが位置的にも政治的にも王国の中心地となっていた。

国民は『都』と呼んでいる。

ちなみに『土域』を突破してさらに川を下ると『火域』に、そこを抜けると別の国を通って、やがて海へと至る。

王宮で一休みしてから、俺は中心街へと出かけることにした。

案内役にシルフィが立候補してくれたので、二人でお出かけだ。王女様は勇者《おれ》が守るっ！

「でも、お邪魔虫がいますね？」

「誰が虫よーっ！」

むきーとお怒りなチップルは、俺が小脇に抱えた虫かご——もとい鳥かごの中で暴れている。

〝境界〟とやらを自由に行き来できる彼らを逃さぬよう、魔法をかけた鳥かごだ。

「ふんっ、メルをよその女と二人きりになんてさせないんだからー」

「チップルは俺のこと嫌ってるんじゃないの？」

「そりゃあ、そうよ。こんなかごに閉じこめてさー。でもー、チップルを虜にした責任、取ってもらうんだからー♪」

まあ、このように。

俺とチップルは険悪ながらも、互いに名前を呼び合うほどにはフレンドリーになっていた。

「ごめんな、シルフィ。変なのが一緒で」

俺の右手をぎゅっと握るシルフィは首を横に振った。

「べつに、気にしてないよ。わたしは、メルくんとお出かけできて、うれしい」

「むぅーっ。なによなによー。彼女面《づら》しないでよねーっ。べーっだ！」

「わたしは、チップルとも仲良くしたいよ？」

「はわんっ♪　なにこの子、かわいー♪　そこまで言うなら、仲良くしてあげてもいいかなー？」

ホントこの妖精、チョロイな。

鳥かごに入れられてからは不機嫌ＭＡＸで、とても『妖精の国』へ連れていってとお願いできる雰囲気じゃなかった。

まあ、『妖精の国なんかに行ったらめっちゃ苦労するだろうなー』とか言えば、天邪鬼《あまのじゃく》なこの妖精は喜々として案内してくれる気がするのだけどね。

それを試すのは準備が整ってからだ。


大通りを行くと、露店がひしめく場所にたどり着いた。

都というだけあって、賑《にぎ》わっている。ただ印象としては『雑多』な感じが強い。区画は明確に分かれていても、そこらに露店が置かれているのだ。

露店といっても移動型の小さなものではなく、木造りの簡易店舗を道に造っているため、店の中に入って品物を物色できる。

家々は低層で、二階建て以上の建物はほぼ見当たらない。木製か土の壁の建物ばかりだ。建物は住まいとして使い、お店は露店にしている、とシルフィが説明してくれた。

鳥かごを抱えた男が女の子と手をつなぎ、通りを闊歩《かっぽ》する。しかも鳥かごの中は普通の人が普通に見れば空っぽだ。

ものすごく目立ちますねっ。

妖精は『そこにいると確信し、意識を集中しなければ見えない』とはエレオノーラ女王の言葉。

シルフィもチップルに話しかけるときは眉間にしわを寄せて集中していた。

「メルくん、まずは武器屋さんだっけ？」

「いい加減、むき出しの剣を腰に差すのはやめにしたい」

「そうだね。危ないもんね」

フィリアニス王国へ来る途中、いちおう『勇者の剣』に合う鞘《さや》を探してはいた。でもこの剣、そこらの中型片手剣よりちょっと大きく、両手剣にしては小ぶりなため、なかなかぴったりなのが見つからなかった。

注文したら二、三日かかるとも言われ、旅路を急ぐ俺は泣く泣く諦めた経緯がある。

小脇から呆れ声が出た。

「『勇者の剣』にはぴったりの鞘があるじゃない」

「知ってる。けど、お前んとこの王様が持ってったんだよ」

俺だって真っ先に調べたさ。そしたら、〝勇者アース・ドラゴの遺体と一緒に『妖精の国』へ持ち去られた〟とわかったのだ。

「『勇者の剣』の鞘って、それ自体が魔法具なのよねー。便利機能があったはず」

「そうなのか？」

ただの鞘だと思ってたから、そこまで調べなかったな。

妖精の国へ行ったら、どうにかして返してもらおう。今『勇者の剣』の所有権は俺にあるのだ。鞘だって俺のものだと言い張って問題ないよね？

シルフィに連れられ、奥まった場所へとやってきた。

装備品を扱うお店が連なる中、こぢんまりした古めかしい店舗にシルフィは入っていく。

「らっしゃあい……。何をお探しかね？」

奥のカウンターに、長い顎髭《あごひげ》の小さなおじさんがいた。ドワーフ族だ。お客さんが来ないからか、うたた寝をしていたらしい。

「この剣に合う鞘が欲しいんですけど」

おじさんは俺が差し出した剣を細目でじーっと見てから、突如大きく目を見開いた。

「こいつはたまげたっ。こりゃあ、『勇者の剣』じゃな」

「わかりますか」

「三十年くらい前かのう。グランデリア聖王国に行商で訪れたときに、一回だけ見たことがあるんじゃ。余計な装飾のない、きれいな剣じゃった。まさか生きとる間に、大岩から抜けた状態でまた目にできるとはのう」

ドワーフのおじさんは慈しむように剣を眺めていたけど、急に足元をごそごそし始めた。

「こいつに手を加えりゃあ、ちょうどよくなるかのう」

取り出したのは、やや大きめで錆《さ》びついた金属製の鞘だ。正直、見た目はあまり良いものではない。ただ、素材はそこそこ値の張るものだった。

「あの、あまり時間をかけるのは嫌なんですけど」

「なあに、小一時間もありゃあできるわい」

そんな短時間でっ⁉

「あ、でも、この剣は置いていけないんですけど」

「寸法はひと目見りゃわかるわい。気にせんと、そこらをうろついて時間をつぶしておれ」

なんたる職人技。

料金もお手頃だったので、俺はドワーフのおじさんに前金を払い、店を出た。

「メルくん、次はどうする？」

「そうだなあ……」

たっぷり時間があるし、以前できなかったことを試してみようか。


俺の固有スキルは『鑑定』。掘り出し物を探し当てて一攫千金《いっかくせんきん》だっ！


と、息巻いたものの。

ざっと見た限り、ほとんどが適正価格で売られていた。

中には安売りしているのもあったけど、今日中にここを離れる関係で売り切りたい行商のお店くらいで、そこには大々的に『大安売り』と見出しが掲げられ、お客さんが殺到していた。

がっかりしてとぼとぼ歩いていたら、魔法アイテムなどを扱うお店の区画に立ち入る。

「そういえば、俺もそろそろ限定スキルのひとつくらい持っておきたいな」

俺は『鑑定』の固有スキルで他者の能力をそっくり読《よ》み盗《と》れる。

上書きではなく、俺が元から持つスキルも使えるのだ。『鑑定』での先読みにより、相手と同じ力を得ても俺はその分だけ有利になる。

ここにもうひとつかふたつ限定スキルを上乗せすれば、より戦いやすくなるに違いない。

限定スキルは、固有スキルとは違い、魔法やアイテムなどで後から付与されるもので、自分の好きなものを選べる利点がある。

自分の能力に合った限定スキルを手にすれば、飛躍的な能力アップが図れるのだ。

もちろん、問題もある。制限、というべきか。

限定スキルは無制限に持てるものではない。

勇者級の高ランクステータスの人でも最大で五つまで。今の俺なら三つが限界だった。

あまりたくさん持っていると、限定スキルがきちんと機能しないばかりか、逆に能力低下を招くこともあるのだとか。

しかも基本、固有スキルと同じく一生ものだ。

大盗賊ヘーゲル・オイスが持っていた『女神の抱擁』のような、使い終わったら消えるものでない限り死ぬまで消えない（ただし、同種の限定スキルは上位のものに置き換えができる）。

だからこそ、慎重にならざるを得なかった。

「どんな限定スキルが欲しいの？」

シルフィの問いに、俺は即答した。

「自動回復系だな」

『鑑定』の読み取りや読み盗りは、条件次第で体にかなりの負担がかかる。それが自動で軽減されるのはとても助かるのだ。

ただ、自動回復系の限定スキルは、なかなかの高級品。お値段もさることながら、そこらではめったに見かけないほど稀少性《きしょうせい》が高かった。

「ま、お店を冷やかすくらいはしておくか」

俺たちは、大きく宣伝文句の掲げられたお店に足を踏み入れた。

数々の魔法アイテムやそれらの素材がびっしり並んでいる。中にはお高いものもあり、万引き防止の魔法もかけられた厳重さだ。

「あ～ら、いらっしゃ～い」

迎えたのはこのお店のエルフの女店主さんだ。けだるげに俺たちに近づいてきた。

「また可愛いのが来たもんだねえ。ま、冷やかしでも構わないさ。ゆっくりしていきな」

店主さんは屈託なく笑う。と、シルフィを見て目を丸くした。

「へえ、これはこれは……」

にやりと笑い、俺たちからぴったり離れない。シルフィの素性はお見通しのようで、上客認定されてしまった。

「何を探してるんだい？」

「自動回復系の限定スキルが欲しいなあ、と」

店主さんが怪訝《けげん》な顔をした。

「あんたが？　体力のランクはどのくらいだい？」

「え？　ええっと……Dになりたて、くらいです」

店主さん、これみよがしにため息を吐きだした。

「坊や、知らないのかい？　自動回復系の限定スキルはね、魔法薬で付与されるもんがほとんどだ。うちの商品もね。けど、その魔法薬は例外なく劇薬だ。体力がBより下の奴が飲めば、即死は免れないんだよ」

それとも、と店主さんは続ける。

「自動発動型の全快魔法とかアイテムとか限定スキルは持ってんのかい？」

「……いえ、ありません」

「じゃあ、やめときな。かなり値の張る商品だ。売れりゃ、あたしらはホクホクだよ。けどね、無駄になるとわかってて、売るわけにゃいかないのさ」

この店主さん、口も態度もあまりよろしくないけど、商売人としての矜持《きょうじ》をきちんと持っていて、お客さんにも思いやりがある。いい人だ。

「あの、いちおう見せてもらえませんか？」

「まあ、見るぶんにはべつに構やしないがね」

店主さんは、近くにいた店員さんにひと言告げる。やがて店員さんが透明な瓶を持ってきた。中には、澄んだ青い色の液体が入っている。

名称：イリスの泉の霊薬
分類：魔法薬
価値：7,500,000G《ギール》

【特殊効果】
全量を飲むと限定スキル『大地母神の癒《いや》し』を得る。非常に強い毒薬であるため、即死の危険がある。
（デメリット）
体力のランクがA以上、あるいは即時回復系アイテムや魔法の併用が必須。
スキルの効果：
常時小回復状態となる。回数無制限。

「うちで扱ってる自動回復系はこれだけだよ。自動回復系としちゃあ、ちょいとクセがある。だから売れ残っちまってね」

俺としては十分な効果だ。

『鑑定』を小刻みに使えば、その都度回復してくれるし、回数も気にしなくていい。

そして現物を読み取って、はっきりした。

『勇者の剣』の無敵効果で、このアイテムのデメリットは無効にできる。きちんと限定スキルをもらえる上で、だ。

しかし問題がある。

あのヘンテコ大地母神に癒される感じの名前を我慢するにしても、

「た、高いなあ……」

持ち合わせでは、ぜんぜんまったく足りませんっ！

と、俺の袖がくいくいと引っ張られた。

「お母さまに頼めば、払ってくれるよ」

うん、まあ、女王様なら楽勝なんだろう。けどね、やっぱり、うーん…………借りるか？

頭を抱えて悩んでいると、

「ほう、それが『イリスの泉の霊薬』か」

凛《りん》とした声が耳に届いた。

そちらに目を向ける。別の店員さんに連れられた、若い女の人が透明瓶をまじまじと見ていた。

長い黒髪を襟足でひとつに束ね、背は高いけどあどけない顔立ちのきれいな女性。

背中には細い剣が二本。さらにその頭には、小さな角が二本、生えていて……。

「よし。買おう。いくらだ？」

「ああーっ⁉」

俺は思わず指差して叫んだ。横から割って入って商品をかっさらおうとしているのはこの際、横に置くとして。

だって、だって、この女の人は――。

＝＝＝＝＝＝＝＝＝＝＝＝＝＝＝
名前：イオリ・キドー
＝＝＝＝＝＝＝＝＝＝＝＝＝＝＝

あの複刀使いの鬼人族、ムサシ・キドーの妹さんじゃあ、ありませんかっ！

「む？　そなた、人を指差して何を驚く？」

「あ、いや、その……これは俺が買おうかなあ、と……」迷っていたものでして。

「なに？　そう、なのか。ううむ、店員からは『最後のひとつ』と説明を受けていたのだが、先客がいたとは……」

ムサシの妹――イオリ・キドー（十八歳）さんは神妙な面持ちとなり、俺に頭を下げた？

「詳しい事情は話せぬが、自分はどうしても、『イリスの泉の霊薬』が必要なのだ。このとおりだ。譲ってはくれないだろうか？」

事情が話せないのをこっそり読み取るのは気が引ける。うーん、どうしよう？

彼女の兄は俺に襲いかかってきた常識のない男。

その血縁者に譲るのは、ぶっちゃけ嫌だ。

俺が頭を悩ませていると、女店主さんがイオリさんに尋ねた。

「あんた、この霊薬は体に毒だってのは知ってるのかい？」

「無論だ。もっとも、それを服用するのは自分ではない。知人から頼まれたものでな。厳密には違うのだが……、あ、いや。もちろん、その知人も危険性は重々承知している」

誰かのために必要なのか。ムサシの妹さんだから警戒していたけど、実はいい人なのかな？

「ねえ、メルくん……」

シルフィが小声で話しかけてきた。

俺は「なに？」と身を低くして応じる。

「この人、知ってるの？」

「ほら、旅の途中で襲いかかってきた鬼人族の話をしただろ？　そのムサシ・キドーって男の、妹さんらしい」

シルフィはその記憶を失っているけど、旅の道中で語って聞かせていた。「なるほど」と彼女がうなずいた次の瞬間。

「そなた、今『ムサシ・キドー』の名を口にしたか？」

耳ざとくイオリさんが反応した。

「え、いやその……」

ぎろりと睨まれ、俺はたじたじと口ごもる。

と、イオリさんが大声を張り上げた。

「知っているのだな！　あの迷惑千万極まる男をっ。言えっ！　奴の居場所をっ。我が愛刀二虎《にこ》をもって、奴のそっ首斬り落としてくれるっ！」

ムサシお前、妹にまで何したんだっ⁉

イオリさんは背中の刀に両手を伸ばしたところで、ハッと我に返った。

「し、失礼した。つい興奮してしまって……。で、そなたはムサシ・キドーを知っているのか？　申し遅れたが、自分はイオリ・キドーと申す。甚だ不本意ながら、奴の妹だ」

「俺はメル・ライルートって言います」

「うむ。して？　メル殿、ムサシは今どこにっ⁉」

ずずいっと迫ってくるイオリさん。近い。顔めっちゃ近いです！

とりあえず俺は、『勇者終焉《しゅうえん》の街』での出来事を、第三者視点《ぼうかんしゃ》でかなりの部分（『勇者の剣』を抜いたとか、マリアンヌさんの『狂化』とか）をはしょって語る。

「ほほう？　ムサシが、敗れた。奴が。あれほど大見得《おおみえ》を切って家を飛び出したくせに、往来で、完膚なきまでに。ぷふ、ぷふふふふっ」

ものすごく嬉しそうだ。

「でも、あれからどうなったかは、わからないです」

「騎士に襲いかかったのだ。捕まっていてくれると助かる。斬首ののち晒《さら》されればいいのに……」

最後はぼそりと言ったな。

俺はここに至り、彼女への評価を改めた。敵の敵は味方、とは言えないけれど、（ことムサシに関して以外は）礼儀正しくまじめな印象。

意地悪をしてよい相手ではない。

「イオリさん、この霊薬はお譲りします」

「まことかっ。かたじけない。なんとお礼を言ってよいやら」

イオリさんの笑顔がはじける。うん、いいことをしたあとは気持ちがいいね。

「メルくん、いいの？」シルフィは心配顔。

「べつに急いで欲しいものじゃないからね」

探せばもっといいものがあるかもしれない。それまでお金をこつこつ貯《た》めておこう。

イオリさんはもう一度俺に頭を下げてから、店主さんに向き直る。

「よし、では買おう。いくらだ？」

満面の笑みはしかし、金額を聞いて凍りついた。

「………はっ⁉　いやいやいやっ。さすがにそれは高すぎないか？　通常の三倍はあるぞ」

「あんた、海向こうの島国出身かい？　あっちと大陸じゃ、いろいろ相場が違うからねえ」

「そ、そういうものか……」

店主さんは俺が読み取った価格を伝えていた。

イオリさんも値段には納得したようで、反論はしなかった。けれど、〝お金の工面が困難〟な状況に陥っている。

「一ヵ月ほど近場で素材集めにでも精を出せば、あるいは……。いや、しかしその間に売れてしまう可能性も……ぅぅ……」

イオリさんはうんうんとうなっている。

さすがに赤の他人にお金を貸すのは無理だ。しかも俺の持ち合わせではぜんぜん足りない。まさか女王様からお金を借りて又貸《またが》しするわけにもいかないしなあ。

まあでも、これも何かの縁だろう。

俺は店主さんに尋ねる。

「お金じゃなくて、品物と交換でもいいんですか？」

「まあね。うちは素材の買い取りもやってるし」

「この近辺で、小一時間ほどでどうにか手に入るものといえば……」

そんな都合のいい素材なんかを、俺が知るはずもない。

けれど目の前にいるプロフェッショナルは違った。

「ええ。〝南西の洞窟に生える『黒洞華』〟なんてどうでしょう？」

俺は店主さんの思考に浮かんだ情報を読み取った。

「はん、霊薬を渡してお釣りも出る高級品だよ。けど無理だね。というか無茶だね。アレはいつ花が開くかまったくわからない上に——」

花はちょうど開いている。それは確認済みだ。

「その洞窟は、特大のトロールが棲《す》み処《か》にしてるんだよ」

うん。なんかバカでかい魔物がいるみたいですね。

「トロールはちょっかいを出さなきゃ大人しいもんさ。けど、棲み処に入ろうもんなら、踏みつぶされて終わりだよ。魔法耐性も高いし、まともには戦えない。そもそもエルフにとっちゃ、トロールはこの土地の守り神みたいなもんだからね。退治しちまったら、女王様にどやされるよ？」

店主さんはちらりとシルフィを見て言った。

「あんたらじゃ無理だ。今回は諦めるんだね」

口は悪いけど心底俺たちを心配してくれている店主さん。

けど、すでに賽《さい》は投げられてしまったのだ。

「トロールか。今の自分では、とうてい太刀打ちできない相手だろう。だが、自分は義に殉ずると誓った身。とはいえ自分が死んでは元も子もない。うん、まずは遠くから様子を見て、それからどうするか決めよう」

イオリさんはぶつぶつ言って、結論めいたところに落ち着いた様子。

「じゃ、俺らも一緒に様子を見に行きましょうか」

「えっ、いや、そなたらにそこまでしてもらう義理は……」

「まあまあ、乗り掛かった船というやつですよ。それに、イオリさんは『黒洞華』の扱いを知らないでしょう？」

俺は扱いに詳しい人から情報を読み取り、準備に入った。

『黒洞華』はとてもデリケートな植物で、摘んだ直後に花は枯れてしまう。また光に触れると石化して、これまた使い物にならない。

それを防ぐため、摘んだらすぐに専用の溶液に浸け、光を遮断して持ち運ばなければならない。

俺は店主さんにお願いして、専用の溶液と、光を通さない瓶を注文した。

「様子を見に行く、ねえ。手に入れる気満々じゃないか。ま、そっちのお嬢さんを連れてるんだ。あんたがタダもんじゃないのはわかるけどね。無茶は、するんじゃないよ」

店主さんに見送られ、俺たちは店を出た。

巨大な魔物が守る素材を手に入れるため、小一時間をつぶすために――。

★

市中から川沿いにすこし走った場所。街道から森に入り、開けた場所に出た。

岩山に、十メートル級の大きな洞窟が暗い口を開けている。それをふさぐように、緑色の肌をした巨大な人型の魔物がどっかりと腰を下ろしていた。

七メートルを超す大きな魔物。

ふくよかな体型とつぶらな目はどこか愛嬌《あいきょう》があるものの、下あごから鋭い牙が上へと伸びていた。つるりとした肌は柔らかそうでいて、鉄のように固い。木の皮を剝《は》いで繋《つな》ぎ、腰に巻いていた。

キングトロールだ。

王様の名を冠しているけど、独りぼっちでぼんやりする姿が哀愁を漂わせている。

ステータスはほぼAがずらり。魔法防御系の固有スキルを持っていて、なかなか厄介な相手だ。

俺たちは樹木に身を隠し、様子を窺う。

「ぴくりとも動かぬ。寝ているのではないか？」とイオリさん。なぜか俺にぴっとりくっついている。近いな。

「起きてますね。基本、寝ないみたいです」

俺はキングトロールの生態を読み取って答えた。

かの魔物は日がな一日ぼけーっとして過ごし、空腹に耐えられなくなると森へ行き、草木や木の実、動物を襲って食べる雑食性だ。人や亜人を襲うことはめったにない。彼の中ではゲテモノに相当するらしい。

巨体のとおり一度の食事の量はかなりのもの。が、数日に一回しか食事をしないらしい。

『黒洞華』を求める人たちは、キングトロールが食事に出かけた隙に、洞窟の中へ入るのだ。

「でも、昨日食事を済ませたばかりだから、しばらく動きそうにないですね」

間が悪い、とも言えないか。『黒洞華』が咲くのは数ヵ月に一度。そのタイミングにぴったり嵌《は》まったのだから、むしろ幸運だ。

「ならば気づかれないよう、こっそり脇を通って洞窟に侵入するか」

「無理ですね。ぼけーっとしてますけど、視界の中の動くものは見逃さないらしいので」

ではどうするか？

俺が魔物の気を引き、その隙にイオリさんが洞窟に入るのがいいだろうな。

キングトロールはエルフの国の守り神。倒すわけにもいかない。

「わ、わわわわっ」

シルフィが抱える鳥かごが暴れ出した。黒い布がかけられて鳥かごをすっぽり包んでいる。俺は布をめくって中に声をかけた。

「なんだよ?」

「むきーっ。いつまで真っ暗な中に閉じこめておくのよーっ」

妖精チップルはお怒りだった。

「だってお前、『スパーク』とかやって邪魔するに決まってるじゃない？」

「そりゃーするよっ。邪魔してやるもんっ」

むきーっと暴れるチップルさんはちょっと横に置き、俺は肩をぐいっとつかまれたので横を向いた。

「メル殿、ひとつ確認したい」

ずいっと顔を寄せてくるイオリさん。だから近いってば。

「ずっと気になっていたのだが、なにゆえそなたらは、空っぽの鳥かごに話しかけているのだ？

いや、問題の本質はそこではないな」

イオリさんはさらに互いの鼻がくっつくほど近づいて、

「なにゆえ、空っぽの鳥かごから声がするのだぁっ!?」

「なんで涙目なの？」

「怖くはない。恐れてなどいない。妖魔の類であろうと我が愛刀で斬り伏せてみせる。だが、物理攻撃が効かない相手はダメだ。その中にはお化けがいるのではないかっ!?」

「声が大きいです。静かにしてください」

俺はイオリさんの口を手でふさぎつつ、顔を遠ざけた。この人の距離感、なんか苦手だ。

「妖精がいるんですよ。いたずら好きの。よーく目を凝らせば見えます」

イオリさん、目を細めてじーっと見る。

「おおっ⁉　なんかちっこいのがいるっ」


さて。おふざけはこれくらいにして。

俺はイオリさんに作戦を伝える。俺が囮《おとり》になり、隙をついてイオリさんが『黒洞華』を取ってくるというものだ。

「中は真っ暗ですけど、大丈夫ですか？」

「問題あるまい。心頭滅却すれば、心の眼で敵の動きは知れる」

相手は草花で動かないんだけど……本当に大丈夫かな？

「メル殿、そなたこそ一人で大丈夫なのか？」

「ちょっとした策がありますので」

お茶を濁し、俺はシルフィに声をかける。

「シルフィはここに隠れててね」

周囲に獣やなんかはいない。キングトロールを恐れてだろう。

「メルくん、気をつけてね。ケガしないでね」

「ああ。大丈夫。それじゃあイオリさん、行きましょう」

俺は『勇者の剣』を腰から抜き、キングトロールの前に躍り出た。

じろりと俺に目を向けるも、動こうとはしない。

そこで俺はキングトロールの横をすり抜けて洞窟への潜入を試みる。

魔物は咆哮《ほうこう》に続き、座ったまま俺の前にこぶしを打ちつけた。直接狙ったのではなく、警告の意味合いだ。

「グアアアァァッ！」

俺は大きく飛《と》び退《の》き、再び魔物の横を通り過ぎようとした。

今度は真上から巨大なこぶしが降ってきた。

またも俺は後ろに飛ぶ。

数回繰り返すと、さすがのキングトロールも怒ったらしい。

のそりと立ち上がり、俺に正対した。

俺は奇妙な動きで注意を引きつける。のっしのっしと、キングトロールが洞窟の入り口からすこしずつ離れていった。

そして――。

しゅたたたたっ、とイオリさんが瓶を抱えて洞窟へと突入した。

一瞬、キングトロールが『おや？』って感じで振り返ったが、俺がわーわーと騒いで事なきを得た。

あとは、イオリさんが『黒洞華』を採取して戻ってくるのを待つだけ……だったのだけど。

「おや？」

思いのほか早くイオリさんが洞窟から飛び出したではないか。

「真っ暗で何も見えんっ。何もできんっ」

「心の眼はどうしたっ！」

怒鳴ったところで後の祭り。

ひとまずキングトロールを翻弄しつつ、元いた大木の裏に集まった。

「メル殿、そなたはすごいなっ。あれほどの魔物相手に一歩も引けを取らぬとはっ」

キラキラした目で見られるとくすぐったいけど、貴女も大口をたたいたなら、ちゃんと仕事をこなしてほしかったです。

とまあ、そんなわけで。

俺たちは作戦を練り直すことにした——。


「さあ、第二ラウンドだっ」


俺は再びキングトロールの前に躍り出る。何度もすみません。

剣を右手に、左脇には瓶を抱えている。

協議の結果、決まった作戦はこうだ。

シルフィの護衛をイオリさんに任せ、俺が単身で洞窟に飛びこみ、魔物の攻撃をかわしつつ、『黒洞華』を採取する。

実にシンプル。

イオリさんには内緒だけど、俺は暗闇でも周辺情報を読み取ってどうにかこうにかできるわけで。

が、戦いながらだと、どうだろう？

不安はあるものの、俺は『なんとかなるなるっ』の楽観思考で洞窟へ突撃した。

真っ暗です。何も見えませんっ。

でなければ『黒洞華』は咲かないわけで、ままならないものだ。

「グオオオッ！」

お怒りのキングトロールを誘導しつつ、洞窟内部へ潜入。

文字情報だけでは心許ないけど、俺は慎重に奥へと進む。

やがてひんやりした場所にたどり着いた。洞窟の最奥。湧き水が溜まった池のようなところの側に、〝黒い花が咲いている〟のを確認した。

「グアアアッ！」

「うへっ⁉　あ、危なかった……」

キングトロールは鋭い嗅覚と聴覚で、俺の所在を的確に把握している。

対する俺は相手が見えないため、キングトロールの動きを直接先読みできない。

今も振り回された巨大な腕を、ギリギリのところでかいくぐった。

勇者アース・ドラゴの能力を読み盗っているから、ステータス差でどうにかしのげている。

あまり時間をかけるのはよろしくない。花がつぶされかねないからね。

俺はキングトロールの周りをぐるぐると高速で回って翻弄すると、

「そりゃっ、そりゃそりゃそりゃそりゃっ！」

瓶のふたを開けつつ素早く『黒洞華』に飛びつき、摘んで押しこみ蓋をして。

「お邪魔しましたーっ」

すたこらと洞窟の出口に向かって駆け抜けた。

我ながら惚《ほ》れ惚《ぼ》れするほどの手際の良さだ。

よしっ。いろいろあったけど、目的の素材は無事ゲットした。けっこう楽だったなあ、と。

俺はこのとき、油断していた。


イオリさんにシルフィを任せたから。

慣れない暗闇だったから。

魔物の相手と素材の採取の並行作業で余裕がなかったから。

もはや言い訳でしかない。

ともかく俺は、油断していたのだ。だから――。


「ぐあっ！」

「きゃあっ⁉」


洞窟を飛び出したとき、俺の目に飛びこんできたのは、何者かに襲われる二人の姿だった。

★

短剣を逆手に持った線の細い男が、イオリさんに何かを投げつけた。彼女の目の前で破裂したそれは、霧となってイオリさんの目をふさぐ。

イオリさんは咄嗟《とっさ》にシルフィを突き飛ばしたので、霧はイオリさん一人が浴びるにとどまったが――。

霧の正体は、致死性の毒だった。

「こ、のおぉおおっ！」

俺はすぐさま男に突進し、強烈な蹴りを横腹に食らわせる。吹っ飛ぶ男。そんな奴は無視し、俺はポケットにしまってあった『妖精の秘薬』をイオリさんに与える。

「げほっ、げほっ、ぅ、ぅぅ……はっ⁉　自分は、いったい……？」

よかった。間に合った。イオリさんはまだ視界がはっきりしないようで、目をしぱしぱさせていた。でも状態は良好。すぐに回復するだろう。

『妖精の秘薬』は残り二口分くらいになったけど、人命には代えられないよな。

ほっとひと息つき、シルフィを引っ張り起こす。

「もー、なーにー？　乱暴に扱わないでよねー」

一緒に転がった鳥かごの中から文句が出たので、黒い布を取り去ってやった。

ああ、俺って本当にバカだ。

どうしてこのときも、気を緩めてしまったのだろう。


パリン。


ガラスが割れたような音。

「ぎゃあああぁあああぁっ⁉」

続けざま、男の絶叫が響いた。イオリさんやシルフィを襲った、俺が蹴り飛ばした男の声。

「い、いでぇ……、ぐるじぃぃっ！」

男はびりびりと服を破き、体中をかきむしると、

「ごぉおろぉおずぅうううっ！」

何やら口走り、突き出した右手から、俺たちへ向けて光線を撃ち放った。

――『光神の矢《ポイボス》』

攻撃系では最上位クラスの魔法だ。

まっすぐな光線――光の矢は、魔力が凝縮され、破壊よりも貫通を目的とする。

威力では『雷霆《ケラウノス》』に劣り、使いどころも限られるけど、勇者を読み盗った俺でもまともに食らえば命はない。

ギイィインッ！

俺は『勇者の剣』の無敵効果を使って魔法を防ぐ。一日一回の取って置きを、いきなり失ってしまったのだ。

躱《かわ》す余裕はあった。

でも、俺が避けてしまえば、シルフィたちが巻きこまれていただろう。

「うぅ、ぐぐぅ……」

男は苦しげに俺たちを睨んでいる。そのステータスを読み取った。

体力：S
筋力：S⁻
俊敏：S
魔力：S⁺
精神力：S

【固有スキル】
『魔法強化（大）』：A
魔法の効果を上昇させる能力。『魔法強化』の上位スキル。
ランクAでは威力や効果が60％上昇する。

『耐魔法（極）』：B
魔法による攻撃、状態異常などの効果を軽減する能力。『耐魔法』の最上位スキル。
相手の魔法攻撃のランクによらず、ランクBでは攻撃や効果を60％軽減する。

【限定スキル】

『混沌《こんとん》の呪い』

あらゆる苦痛を永劫《えいごう》付与する。（デメリットのみ）

【状態】

限定スキル『混沌の呪い』の効果により、“混沌”に汚染されている状態。

心身ともに極めて不良。

“悪竜の瘴液《しょうえき》”の『勇者の嘆き』の効果により、全ステータスが『術の勇者』マール・ヘスターの能力に置き換わっている。


案の定、男は〝悪竜の瘴液《しょうえき》〟を浴びていた。

またも〝黒いローブを着た小さな男〟が関与しているらしい。金でシルフィを襲うよう仕向け、〝悪竜の瘴液〟を渡したのはそいつだ。けどやっぱり、正体まではつかめなかった。

「うぅぅぅ……」

今、男は『術の勇者』マール・ヘスターの力を得ている。魔法に特化した勇者だ。魔力が突出しているけど、他のステータスではさほど負けていない。

「イオリさん、シルフィを連れて岩場の陰へ」

「しょ、承知したっ」

イオリさんがシルフィを抱えたのを見届けるとすぐ、俺は『術の勇者』へ突撃をかました。

ガキッと鈍い音が響く。男の周囲に展開された魔法による防御壁に、剣が阻まれた。

この人、魔法が豊富で強力だ。特に防御面が充実しまくっている。今の俺が使える最大攻撃魔法『雷霆』でもダメージが与えられない。

俺の攻撃は届かない。

対して向こうの魔法は俺を確実に削ってくる。

このままじゃ、ダメだ。

勝つにはやっぱり、『術の勇者』を読み盗って同等の力を得たうえで、行動を先読みして突破口を見出すしか……。

でも目の前の男から『術の勇者』を読み盗れば、一緒に限定スキル『混沌《こんとん》の呪い』まで付いてくる。

あれ、めちゃくちゃキツイんだよなあ。

『妖精の秘薬』は残り少ないし……。

「どうすりゃいいのよっ⁉」

俺は相手に魔法を撃たせないよう、剣でやたらめったら打ちつけながら、心の中で頭を抱えるのだった――。

☆

メルが苦戦している。

シルフィーナは岩場の陰からメルの戦いを見守っていた。

メルは一方的に攻撃しているようでいて、「どうすりゃいいのよっ⁉」と心の声が漏れだしている。

シルフィーナには、この一年ほどの記憶がない。メルたちと旅をしたことも、きれいさっぱり消えていた。

経験と、伝え聞くのでは重みが違う。

初めて目《ま》の当たりにした勇者同士の戦いに、心底慄《おのの》いていた。

「でも、メルくんが困ってる……」

記憶を失くしている間の自分は、聞くところによれば守られてばかりの存在だった。

メルとの思い出を持つそのころの自分を羨み、嫉妬もしたけれど、今は誇らしく思える。

——だって今は、メルくんを助ける力が、あるんだから。


「シルフィーナ殿？　待て。出て行ったら危ないぞ」

イオリの制止を振りきり、シルフィーナは岩場から飛び出す。

もっとも、激闘の中に身を投じて何ができるわけではない。メルの邪魔になるだけだ。

シルフィーナは両膝をつき、手を組んだ。じっと、睨むように男を見据える。

「シルフィ？」

メルが気づいた。

だが『危ないぞ』とも『下がっていろ』とも言わず、男の注意を自らに引きつけていた。

ありがたい。

メルはいつだって、自分を信じてくれている。

だからこそ、その信頼には全力で応えたかった。

今の自分にできること。

自分にしかできないこと。

フィリアニス王族が得意とし、〝光の巫子〟たる彼女が歴代でも突出した才で実現できること。

死した者たちをその身に宿し、言葉を授かる〝口寄せ〟の秘術だ。

ただし本来、神や英霊を初めて呼び出すには、彼らの聖遺物が触媒として必要だった。

しかし、今は――。

「豊穣《ほうじょう》なる大地を見守る大地母神にこの名を捧《ささ》ぐ。我、シルフィーナ・エスト・フィリアニス。

この身、この声を依《よ》り代《しろ》に、母なる星に還《かえ》りし英霊と繋ぎ賜らんことを――」

祈りの言葉を紡ぎながら、男の奥底に意識を潜らせた。

触媒なんて必要ない。


だって男の中《そこ》に、本物がいるのだから。


「メルくん、その人は誰？」

多くの言葉はいらない。

当然のようにメルは、シルフィーナが求める答えを寄越《よこ》した。

「『術の勇者』マール・ヘスターだっ」

条件はすべてクリアした。シルフィーナは最後に告げる。

「降りたまえ、『術の勇者』マール・ヘスター」

瞬間、シルフィーナの意識は闇へと落ちた──。

★

シルフィが飛び出してきて肝をつぶす俺。でも、あいつの行動には必ず意味があると考え、俺は『術の勇者』を宿した男の注意を引くのに専念した。

やがて、シルフィの雰囲気ががらりと変わる。

〝『術の勇者』マール・ヘスターを憑依させた〟のだ。

「いやはや、まさか壊れた自分を見る羽目になろうとはね。一度は死んでみるものだ」

口調がニヒルだっ⁉　やれやれポーズのシルフィはそれはそれで新鮮だけど。

「さて、状況は僕を宿した少女が教えてくれた。打開策を聞きたいかね？　少年」

「いえべつに」

「はっはっは、子どもが遠慮するんじゃあない。いいから語らせろ」

子どもみたいな人だな。

シルフィの顔と声で言われては断れないので、俺は「はあ、どうぞ」と丁寧に答えつつ、『術の勇者』を読み盗る。もちろん、〝混沌〟に汚染されているほうではなく、シルフィに憑依した彼を深く読み取って、だ。

　男がまたも『光神の矢』を放った。

　俺は『術の勇者』最大の防御魔法『神位の障壁《グランド・シールド》』で防ぐ。金色に輝く魔法陣が俺の眼前に展開され、光の矢を消失させた。

「そうっ。僕の真骨頂は防御力にこそある。かつて鉄壁を誇った『盾の勇者』以上と自負していてね。まあ、防御にかまけていたから、悪竜には及ばなかったと反省すべきではあるのだが」

　たしかに防御魔法はむちゃくちゃ固い。

　特に『神位の障壁』は魔法だけでなく物理攻撃も跳ね返す、正面で受けるだけなら『勇者の剣』の無敵効果に匹敵するほどだ。

　ゆえに、『術の勇者』が持つ攻撃魔法では、『術の勇者』の守りは突破できない。

　堅牢《けんろう》な守りを砕くには、〝同等のものをぶつける〟以外にはなかった。

「では解答を教えよう。方法は実に単純明快。まあ、試す以外にはないから、なかなか思いつきはしないだろうな。だがその方法は、すでに僕が悪竜に敗れたときに実証済みでね。それは――」

　講釈が始まったけどごめんなさい、もう俺は知っているのですよ。

　俺は『光神の矢』を放つ。

　当然、奴は最大防御で防ぎにかかる。光の矢はあえなく消えた。

　その間、俺は光の矢を追いかけて奴に接近していた。奴が創った魔法障壁を凝視して、

「『神位の障壁』っ！」

奴が展開する防御の壁に、同じ魔法を重ねて生み出した。


キィィイン……、と。


耳を突き破るような甲高い音が響くと同時。

二つの防御壁が空気に溶けるように消えていった。

「グラン――『遅いっ』」

奴がふたたび防御壁を展開する間際、剣の間合いに到達した俺は、斜めに奴を斬りつける。

「――ド、ごぉぉぉおおぉぉぉおぉっ!!」

一刀両断。奴の体を真っ二つに切り裂くと、絶叫ののち、男の体は黒い霧となって消え去った。

ふっと息をつき、シルフィへサムズアップしてみせる。

「僕に語らせる気がないときたか。呼び出しておいてこの仕打ち。次があれば覚えておくように」

あ、まだいたんだ。

思った直後、シルフィが目をぱちくりさせた。

「お？　おお……？」

よろよろっとふらついたので、俺は勇者パワーで瞬時に近づき、小さな体を支えた。

「大丈夫か？」

「う、うん。『妖精の秘薬』を飲むほどじゃないから、しまっていいよ」

俺はポケットに突っこんだ手を、何もつかまずに引っぱり出した。

「ふだんは完全憑依なんてしないから、まだ慣れてないのかな？　でも、大丈夫だよ。前に大地母神様を憑依したときより、ずいぶん楽……だと思う」

そのときの記憶はないけど、俺から聞いた話と自身の今の状況を照らし合わせての結論か。

いちおうシルフィの状態を読み取ってみると、〝かなりの精神的疲労〟ではあるものの、肉体的な損傷はない模様。

さて、ほっと胸を撫で下ろした俺の前で、土下座しているこの女の人はどうしよう？

「感服いたしました。よもやメル殿がこれほどの力をお隠しになっておられたとは、このイオリ・キドー、我が目、我が身の未熟さを――」

「そんなのいいから、とっとと移動しましょう」

キングトロールさんが洞窟からこっちを見てるので。

さすがに実力差を感じたのか、襲いかかってはこないようだけど、棲み処の前を荒らされてお怒りのご様子。あとでお食事を捧げにこよう。

そんなことを考えながら、俺はシルフィを抱え、鳥かごを持って駆け出した――。

と、いうわけで。

めでたく『黒洞華』と『イリスの泉の霊薬』を交換し、差額を手にできた。

イオリさんは何度も何度も感謝の言葉を述べてから、

「いずれまたお会いしましょう。そのときは是非、我が未熟な剣技を鍛えていただきたい」

お師匠様認定して去っていきましたとさ。

俺はドワーフのお店で『勇者の剣』の鞘を受け取り、シルフィと一緒に王宮へと急ぐ。

そう。今はぐずぐずしていられない。

『盾の勇者』と戦ってからしばらく何もなかったので気が緩んでいたけど、怪しげな妖精が刺客を送ってきたのだ。次がいつか知れない今、急いでそいつを特定しなくちゃならなかった。


——『妖精の国』へ。

翌日、シルフィの回復を待って、俺たちは出発するのだった——。

二話　妖精王の試練

『妖精の国』へ行って妖精王に会う。

そうして、悪竜に加担する何者か（神様調べでおそらく妖精）の情報を妖精王から得るのだ。

ただし、妖精の国はここではないどこか別の世界にあり、〝境界〟を越えなければならないらしい。その〝境界〟を通るには、妖精の力が必要だった。

そのために捕まえたのではないけれど、俺の手元には今、鳥かごに入った妖精チップルがいる。

彼女はちょっとした行き違いから俺に良い感情を抱いていない。なので、素直にお願いしても妖精の国には連れていってくれないだろう。

しかし、彼女はとても素直で、かつ天邪鬼《あまのじゃく》な性格だ。

「あー、俺、妖精の国には行きたくないなー。絶対行きたくないなー」

こう言っておけば、意地悪したさに俺たちを妖精の国へ導いてくれるはず。

ふっふっふ、しょせんはお子様思考の相手。駆け引きで後れを取る俺ではないっ。騙《だま》すのは気が引けるけど、今は心を鬼にしなくてはならないのだ。

「あれ？　行きたくないのかー。なーんだ。連れていったら面白いと思ったのに。ざーんねーん」

「んん？」

予想してた反応と違うね。

まさかこの妖精、俺の企みを見透かしたというのかっ⁉

「ねーねー、シルフィは？　妖精の国へ行きたくないー？」

「わたしは、行きたい」

「じゃー、一緒に行こうよー」

「んんんっ？」

わからない。こいつの意図がさっぱり読めないっ。

神性を持つ妖精の思考を読み取るのは体への負担が半端ないので嫌なのだけど……。

俺がチップルを読み取ろうとしたとき、シルフィが俺に目配せした。やめろ？　どうして？

「ねえチップル、本当はね、メルくんも妖精の国へ行きたいんだよ」

「そうなのー？　だったらそう言えばいいのにー。素直じゃないなー。いいよ、みんなまとめて連れてってあげるー」

「マジで⁉」

いったい、何がどうなってるんだ？

「チップルって、俺のこと嫌ってなかった？」

「嫌いだったよ？　こんなとこに閉じこめるんだもん。そりゃーねー、だよ」

でも、とチップルは頬《ほお》を赤らめ身をくねらせた。

「愛する少女《ひと》を守るために戦うって、さいっこうにステキよねー。しかも二人手を取り合って強敵を倒す。きゃー♪　ロマンチック♪」

『術の勇者』との戦いのことかな？

「チップル、あんたたちを気に入っちゃったー。だ・か・ら、妖精の国へ招待しちゃうのー」

なんか知らんけど、目的が果たされるみたいだから良しとしよう。

「シルフィ、応援するからねっ」

「ありがとう」

シルフィが鳥かごに突っこんだ指を、チップルがぎゅっと握る。

君らそんなに仲良かったっけ？

まあ、そんなわけで。

結果的には『チップルを鳥かごから出して自由にする』条件と引き換えに、俺たちは妖精の国へ赴くことになった。

★

「チップルについてきてね。〝境界〟への扉が開くのは一瞬だから、遅れないでよー」

王宮の廊下。土の壁の前で、チップルが変なことを言って壁へ突撃した。

すうっと小さな発光体は壁の中に消えてしまう。

「すごいっ。よし、俺もっ」

意気揚々と壁に激突する俺。そう、激突だ。痛い。

「なにやってんのー？　『一瞬』って言ったじゃないのー」

壁からぬっと顔を出したチップルさんに呆《あき》れられる俺。

「一瞬過ぎないかな？」

どうやって後に続けと？

「仕方ないなー。じゃ、手を繋《つな》いでみんなで行こっかー」

最初からそうしようよ、とは言わないでおいた。妖精の国へ無事たどり着くまでは我慢我慢。

俺はチップルの小さな手を指でつまむ。反対の手でシルフィの手を握った。次々と、俺たちはひとつに繋がる。

妖精の国へ向かうメンバーは、チップルを除けば全部で四人。

まずはシルフィ。

彼女は『術の勇者』襲撃のときに直接狙われた経緯がある。残してはおけなかった。

シルフィの護衛として志願したのはリザだ。

妖精の国で危険がないとも限らない。俺を魔法でカバーしてくれる彼女は頼もしかった。

そしてクララもお供に加わった。

慣れない土地に一人残しておくのは可哀想《かわいそう》との思いもあったけど、彼女の『狩り』スキルや素早さには助けられてもいたから、十分役に立ってくれるはずだ。

なによりこのメンバーは、フィリアニス王国へ来るまで行動を共にした仲間たち。勝手知ったるみんなとの旅路は心が躍る。


チップルに手を引かれ、するりと壁に入った。

中は真っ暗。

けれどそれも数秒で、すぐにまぶしいほどの光に俺たちは包まれた。

俺たちは、呆気《あっけ》に取られて立ち尽くす。

ここが、妖精の国、なのか……？

俺は草花が咲き乱れる、ほんわかのんびりした光景を想像していた。

シルフィやリザもそうだ。クララは食料がそこらを闊歩《かっぽ》している夢の国をイメージしていたことだろう。

だけど、俺たちの目の前に広がる光景は、予想を大きく外すものだった。


「砂だらけっ！」

ぎらついた太陽の下、熱砂が辺り一面を覆っている異様な世界だ。

「なあチップル、ここって本当に――」

「なんで砂漠なのーっ⁉」

なるほど。ここが伝え聞く『砂漠』というやつか。

たしか、雨がほとんど降らないために乾ききった土地で、植物が育たず、生き物が住むには過酷な環境だったかな。

「ここは妖精の国じゃない？」

「ちゃんと妖精の国に来たよーっ。でも砂漠なんてないしなー？」

チップルは混乱している。

あたりをきょろきょろ眺めても、砂だらけで何もない。遠くに岩山っぽいのがゆらゆら霞《かす》んで見えるだけだ。それにしても。

「あっつ！　暑いを通り越して熱いんですけどっ！」

だらだら汗が止まりませんっ。

「ほんと、息苦しいっていうか、辛いわね」

リズは胸元をはだけてパタパタ風を送っている。ごくりと唾を飲みこみつつ、目をそらす俺。

「のどが、渇いたですよ……」

クララは舌をだらりと下げて、はあはあと息を荒らげている。

「メルくん、どうしよう？」

「うーん……」

シルフィも拭ったとたんに額が汗でにじんでいた。

こんな暑いところ、あと数分だっていたくない。でも、なんか引っかかるんだよなあ……。

と、リザがいきなり遠くを指差して叫んだ。

「あそこっ！　木が生えてるわ」

指の先を目で追うと、てっぺんだけわさわさ緑豊かな木が数本、にょっきり伸びていた。

「水があるですよっ」

クララの言うとおり、その木々が取り囲んでいるのは、池のような場所だ。

「オアシスだー。やったー♪」

チップルが空中でくるくる回りながら大はしゃぎ。

「まずは喉を潤さないとね」

「水浴びしたいですー」

「気持ちよさそう」

三人娘も喜び勇んで駆けだそうとした。


「ちょっと待った！」

それを必死で止める俺。リズとクララの肩をつかみ、ぐいっとこちらへ引き戻した。シルフィは立ち止まり、俺へ振り返って首をひねった。

「メルくん、どうしたの?」

「どうして止めるのよ?」

「なにかあるですか?」

「やっぱり、変だ」

チップルは『妖精の国に砂漠なんてない』と断言した。

でも彼女は『ちゃんと妖精の国に来た』とも言っている。

見渡す限りの砂の大地。

一度は確認していながら、水場を見逃していたのはなぜなのか?

周辺情報を読み取ると、すぐさま答えにたどり着いた。

俺は目をつぶり、大きく深呼吸。そうして、ゆっくりと目を開いた。

——景色が、一変する。

「なるほどね……」

鬱蒼《うっそう》とした森の中。すこしだけ開けた場所に、俺たちは立っていた。

「みんな、動かないで」

彼女たちが進もうとしていた先は、地面が途切れていた。高さ五メートルほどの崖になっていて、何も知らずに進んでいたら、落ちていただろう。

「幻覚だ。俺たちは今、森の中にいる」

俺は自分がやった幻覚を解く方法を教えた。

みんなが俺の指示どおり目を閉じて深呼吸。再び開いたとき、驚きの声を上げた。

「ほんとに、森の中だね」

「涼しくなったですっ」

「気温も再現するってすごいわね」

「実際に暑くなってたわけじゃないよ。俺たちにそう思いこませてたんだ」

それもまたすごいことに変わりはない。

『砂漠』を体験したことがない俺たちに、灼熱《しゃくねつ》の感覚を味わわせていたのだから。

リザがハッと何かに気づいた。

「幻覚ってことは、術を施した〝誰か〟がいるのよね?」

「ああ。そして俺たちを崖から落とそうとした。イタズラじゃ済まされない悪質なものだ」

これはもう、『敵対行為』と考えてもいいだろう。

俺が怒りに燃えたそのとき、重く低い声が響き渡った。

『ふっふっふ、よくぞ見破った。褒めてつかわすぞ』

「誰だっ⁉」

『〝誰だ？〟ときたか。そんなもの、決まっておろうっ』

地響きのような叫びが、びりびりと俺たちの体を震わせる。

『余《よ》こそは妖精の王にして稀代《きたい》のエンターテイナー、妖精王ウルタであるっ。第一の試練を突破した勇者よ。許す。気軽に〝ウーたん〟と呼ぶがよいっ』

「じゃあ、ウーたん」

『おうふw　速攻で馴《な》れ馴《な》れしくするとは、なかなか肝が据わっておるのう。気に入った！　第二の試練はもっと厳しめにしちゃうぞ☆』

野太い声で『しちゃうぞ☆』とか言われるとイラッとするね。

「試練とかいらないんで、すぐ会ってください」

『それでは余が面白くないであろうっ！』

なんで俺、逆ギレされてんの？

『ともかく、余に会いたくば、だいたい二万くらいの試練を乗り越えてみせよ』

「多いよっ！　せめて三つくらいにしてください」

『はっはっは、抜かしおるわ。たった三つで何が試練かっ。そのようなぬるい考えで、よくも余に会いたいなどと――』

「じゃあ、もう帰ります」

『あっはっは、それでは余が退屈なままではないか。帰っちゃイヤ☆』

まずいな。揺さぶりをかけるつもりだったけど、本気で帰りたくなってきた。

『とはいえ、久しぶりの来客だ。数については再考しよう。次なる試練まで、ゆっくりのんびりくつろぐがよい』

パチン、と何やら指を鳴らしたような音が響いた。すると――。

森の中から、妖精たちがわーっと楽しげにやってくる。ものすごい数だっ⁉

妖精たちはてきぱきと焚火《たきび》を熾《お》こし、大きな鉄板の上でジュージューと肉やら野菜やらを焼き始め……。

『第一の試練を突破した褒美である。英気を養うがよい』

「「「「ウーたん！」」」」

俺たち大感動。

妖精王は、わりといい妖精《ひと》だった。

『では勇者ども、余は城で待っている。場所はチップルに聞くがよい』

さらばだ、と声高に叫ぶと、集まった妖精たちは準備を終え、散り散りに飛び去った。

肉が焼ける香ばしい匂いが漂う中、

「あれ、どうしようか？」

俺は空中を指差して、みんなに問うた。

「ちょっとー。なにやってるのー？　早くオアシスに行こうよーっ」

チップルさん、いまだにぐるぐる目で幻覚に囚われているようなんですけど……。

★

白刃のきらめき。

俺は『勇者の剣』を大上段に構えて飛び上がった。

正面から迫りくるのは、身の丈五メートルを超える石の巨人だ。

ストーンゴーレムは大きなこぶしを振りかぶり、俺を叩《たた》き落とそうとしている。

「うおりゃっ！」

相手がこぶしを突き出す前に、俺は剣を振り下ろす。

切っ先が巨人の表面を撫《な》でた程度。しかし、まるで刀身が倍に伸びたかのような切れ味で、巨人の体は真っ二つになった。

着地し、前を見据える。

げんなりした。

二つに分かれた巨人はその場に崩れ落ちたものの、ずりずりと体が移動し、ぴったりとまたくっついたのだ。むくりと起き上がり、ガオーッと叫ぶ。とても元気。

さらに、である。

「どんだけいるのよ？」

視界に映る、巨人、巨人、巨人……。

恋人との待ち合わせ場所へと急ぐかのように、ものすごい勢いでお花畑をこちらへ駆けてくる。

大自然の景観が台無しだっ。

「リザ、クララ、シルフィを頼む！」

「任せておいてっ」

「兄《にい》さま、ファイトですっ」

「メルくん、がんばって」

「チップルはー？　なにすればいいのー？」

少女たちの声を背に受け、俺は走り出した。

「ねえっ！　チップルはーっ⁉」

俺は聞こえないふりをして、バッタバッタと石の巨人どもを斬り伏せる。こいつらのステータス

平均はA未満。勇者パワーを持つ俺の敵ではない。が、数が多いし、すぐ復活するので面倒この上なかった。

　これも幻覚の類かな？とも考えたけど、違う。

　けど、この巨人たちを深く読み取っていたら、攻略法はすぐに見つかった。

　俺は雷撃を撃ち放った。まとめて十数体の巨人が粉々になる。

「雷霆《ケラウノス》」

　と、俺は一体の巨人が目に留まった。

　壊されるのを恐れず突っ込んでくる巨人たちの中で、そいつは転んだために雷撃が頭上を通過し、難を逃れたのだ。

　けど、その転倒はかなりわざとらしかった。

　その巨人はさっきから、突撃してくる他の巨人たちの後ろをうろうろしているだけで、一度も俺に挑んでこない。

　俺はするするとストーンゴーレムの間をすり抜け、そいつに肉薄する。

　ぎょっと慌てる巨人さん。

　あからさまに挙動不審のそいつを読み取った。

　ストーンゴーレムは命のない傀儡《くぐつ》。本体がひとつだけいて、他の巨人たちはそれを元にしたコピー品だ。

俺は本体の胸に、剣を突き刺した。

「グォォオオォォォッ！」

〝核〟を破壊されたそいつは、ぴかっと光って砕け散った。

他のストーンゴーレムたちの動きがぴたりと止まる。本体と同じく、がらがらと崩れていった。

天上から声が降る。

『見事であるっ。勇者ども、よくぞ第六……七だったかの？　そのくらいの試練をよくぞ突破したっ。褒めてつかわす』

例によって野太いおっさん声。ウーたんこと妖精王ウルタだ。

妖精の国へ立ち入ってからすでに五日。

日に一回か二回の試練が俺たちを襲っていた。

ま、今回もそうだけど、わりと俺の『鑑定』スキルで対処可能なので、さほど苦労はしなかったのだけど。

『褒美である。ぞんぶんに食らうがよいっ』

お花畑のど真ん中に、恒例の鉄板焼きセットが用意されていた。

すでに肉や野菜がジューージューーと香ばしい匂いを漂わせている。

「にしても、場所は選べなかったんですかね？」

荒らされ放題のお花畑を見ながらの食事は、いつもより美味《おい》しくなかった。

『ここに咲く花は地中深くに根を下ろし、踏まれて強くなる。美しい花を咲かせるには、ときどき踏み荒らさねばならぬのだ』

俺たちの試練がそのついでと言わんばかりだな。

まあ、強くあろうとする草花の話を聞かされると、自分も強くなりたいと食欲が増す単純な俺。もりもり食べる。

『うむ、よい食べっぷりである。よいぞ。褒美を与えた甲斐《かい》があるというものだ』

「ほらシルフィ、野菜も食べなきゃダメじゃないか」

「うぅ……、ピ、ピーマンは、ちょっと……」

記憶が戻る前も後も、苦手なものは変わらないらしい。

「あたしがいっぱい食べるから、シルフィはお肉をどうぞ」

「こらこら、甘やかすんじゃありません」

「お肉はボクが食べるですっ」

「こらこら、君も野菜を食べなさい」

とはいえ、苦手なものを強制するのは酷だな。野菜をそのまま食べさせるのは可哀想。

俺は半分に切ったピーマンに肉を詰め、妖精さん特製のタレをたっぷりつけてシルフィとクララに渡した。

「……これなら、なんとか」

「おいしいですっ」

「あたしもやってみよっと。……うん、いいわね♪」

青空の下、みんなで鉄板を囲むこの幸せ。

『ほほう。余がのけ者になっておる感バリバリだぞ☆　おい、相手しろ☆』

ウーたん、いたんだね。

「まだ試練って続くんですか？」

ぐちゃぐちゃになった花畑の向こうには、真っ白な宮殿がそびえている。

歩いて一時間ほどの距離に見えるのだけど、この状態ですでに二日経っていた。歩いても歩いても、ちっとも近づかないのだ。

『そろそろ直に会ってもよいと考えておる』

「え、マジで？」

『ぶっちゃけ飽きた』

イラッとしたけど俺は不満をぶちまけるのを我慢した。が、妖精王にはお見通しのようだ。

『不満そうな顔をするでない。余の試練は、そちにとっても有意義であったはず。ステータスを確認してみるがよい』

言われてみれば、力は増した気がする。ステータスも国境の宿で見たっきりだし。

俺は自分のステータスを『鑑定』してみた。

体力：C^{+}
筋力：B^{-}
俊敏：B^{-}
魔力：C^{+}
精神力：B

おおっ⁉　俺のステータスに〝B〟の文字が入る日がこようとはっ。かなり上がってるなあ。
ちなみに前のときはこんなだ。

体力：D^{-}
筋力：D^{+}
俊敏：D^{+}
魔力：E^{+}
精神力：C^{+}

「でもこれ、偽勇者の二戦分の伸びが大きいんじゃ？」

『そこに気づくとはあっぱれであるっ』

ま、多少なりとも妖精王の試練が貢献しているのは間違いないだろう。

「それじゃあ、そこに見えるお城というか王宮っぽい建物にまっすぐ行けばいいですか？」

『うむ。というか、訊《き》きたいことがあるならこの場でもよいぞ』

あ、それでいいんだ。

ちょっと妖精王のご尊顔を見てみたい気もするけど、訊けることはここで訊いておくか。

「じゃあ、悪竜に協力する妖精について詳しく」

『ふむ、悪竜に与《くみ》する妖精か。もちろん余は知っておる』

「どんな妖精さんなんですか？」

『ふつうの妖精じゃ』

「いや、ふつうって……。『悪竜の瘴液《しょうえき》』をばら撒《ま》いて、世界を混乱させようとしている悪い奴ですよ？」

『我らにしてみればイタズラの範疇《はんちゅう》だ。靴下を片方だけ隠すのと大差ない』

「悪質加減が雲泥の差ですよっ」

『そちらの価値観ではそうだろう。が、我らからすれば手間暇の大小程度の違いでしかない。ふむ、そうだな。とても手間がかかっているという点では、その者は〝変わり者〟と言えるか。ふつうの妖精は、そんなまどろっこしいことはせぬ』

「どうして手間暇をかけてまで、悪竜の味方をするんでしょう？」

『さて、余は読心の術を持たぬゆえ、知りようはないし、知りたいとも思わぬ』

ま、動機は本人に問いただせばいいか。

「それで、その妖精の名前は？　特徴もできるだけ詳しくお願いします。あとは拠点とか、今どこにいるか」

『おいおい、焦るな焦るな☆　まずその者の名であるが――む？　なんだ、これは……？』

「ん？　どうかしたんですか？」

俺は上空に語りかけていたので、上を向いていた。だから、その異常に気づいていなかった。

「メルくん、あれっ！」

シルフィが指差した先は、妖精王が住まう王宮だ。その真っ白い建物に、黒い雲のような、霧のようなものが覆いかぶさっていて――。

「ちょっと待てよ、おいっ。〝悪竜の瘴気《しょうき》〟だって⁉」

黒い霧を読み取ったところ、そう出た。

どうして妖精の国に、悪竜が放つ瘴気があんな大量に？

『うむっ！　これはマズい。非常にマズいっ。勇者ども、余を助けよ。余を含めて妖精とはか弱き者。戦うとか無理だぞ☆』

「ウーたん、いったい今そこで何が――」

『そちが「鑑定」で読み取るまでもない。悪竜が放つ瘴気がこの場に満ちているのであれば、事実は明らか』

そうだ。ひどい頭痛を我慢してまで読み取る必要なんて、なかった。

『我が王宮に、悪竜が姿を現しおったわ』

俺たちはすぐさま、王宮へと急いだ——。

★

真っ白な王宮に、黒い霧がかかっている。

大地に咲く草花はしおれ、樹木からは葉っぱが変色してばらばらと落ちていた。

開かれた白い門扉から飛びこむと、いきなり巨大な何かに襲われた。

超重量の太くて長い、尻尾だった。

硬そうな鱗《うろこ》はひとつひとつが尖《とが》ったナイフのようで、禍々しいほどに黒ずんだ鉄塊じみたものが打ち下ろされる。

大きく飛び退《との》いて避け、後から続くシルフィたちを手で制した。

尻尾からは黒い瘴気がじわじわと漏れ出てくる。すこし吸っただけで頭がくらくらガンガンした。

みんなには門扉に隠れてもらう。

幸い風向きの関係でそちらに瘴気は届かない。俺が注意を引きつけておけば、攻撃もされないだろう。

にしても、こんなところで、しかもこんなに早く悪竜と対面するとは思わなかっ……たって、あれ？

黒く巨大な尻尾が大きくしなり、またも俺へ向かって叩きつけられる。

ひらりと躱《かわ》し、その全貌を確認した。

「尻尾……だけ？」

長さは十五メートルほど。根元から緩やかに細くなり、先端は金属みたいな鋭い板状のとげがいくつも生えている。

付け根部分はおそらく五メートルくらいあった。

けれどその向こうには、何もない。

黒い霧に覆われて断面は見えないけど、悪竜の本体はどこにも見当たらなかった。

空から声が降る。

『さしもの悪竜も、封印状態では七つのうちひとつを逃すのが限界だったか』

「七つのうち の、ひとつ？」

『かのドラゴンは尻尾が七つある。そのどれもが強大な力を持っておる毒の尾だ。切り離しもできる便利な尻尾なのだ』

トカゲみたいだなあ。

とはいえ、しょせんは尻尾と侮ってはならない。

名前：悪竜の毒尾

体力：S⁻
筋力：S⁻
俊敏：S⁻
魔力：S⁻
精神力：S⁻

【固有スキル】
『混沌《こんとん》』：S
“混沌”より魔力を吸い出す能力。
ランクSでは際限なく魔力を吸い出せる。
“混沌”と直接つながるため、その呪いを受ける。（デメリット）

【状態】

本体から切り離されているために意思はなく、『破壊』のみを実行する。

自己防衛本能により、防御系の魔法を限定的に扱える。

独立して勇者並みのステータスですか。

本体にくっついていれば、本体だけをがんばって倒せばいいとも考えられるけど、これが七本ってかなり厄介だよなあ。

まあ、今は目の前の尻尾一本に集中しよう。

尻尾の攻撃手段はのたうって暴れるだけ。

でも【状態】で言及されているように、防御には魔法を使うらしい。

試しに『勇者の剣』で斬りかかった。

ギィイインッ！

闇色の魔法陣が現れ、硬そうな鱗に到達する前に剣撃が防がれた。

『冥界の障壁《グランド・シールド》』――『術の勇者』が持つ最大防御系魔法『神位の障壁《グランド・シールド》』と属性違いの同格魔法らしい。

「ぬおっ⁉」

着地しようとしたところへ、尾の先端が襲いかかってきた。

剣で弾く。

切り裂くつもりで応戦したけど、直前で闇の魔法陣に防がれてしまった。

「ぐ……げほっ、げほげほっ」

向こうの攻撃にはもれなく黒い霧もセットだから、もろに浴びるとかなりキツイな。

仮に尻尾に直接取りつけたとしても、瘴気をまともに食らってしまう。数秒だってもたないかも。

『苦戦しておるなっ。そこで余の出番であるっ』

「おおっ。ひ弱だとか言ってた気がするけど、頼っていいですかっ？」

『はっはっは、余は何もしない。だって玉座から動けぬし、弱いしね☆』

「では何をしてくれやがるのですか？」

『おっと苛立《いらだ》ちが言葉に乗っておるな。ともかく、余の手元には「勇者の剣」の鞘《さや》がある。それを使えば、瘴気はどうにかなろう。本来、鞘は何かしらの褒美に与えるつもりであったが、こうなってはは致し方あるまい。くれてやろうっ。そして余を守るのだっ』

どこまでも偉そうな妖精王さんだ。

「んじゃ、早いとこ鞘をください」

『うむ。では取りに来るがよい』

「……今、なんと？」

『取りに来るがよい。余はここを動けぬのでな』

「誰かに運ばせてくださいよっ」

『それは無理だ。みな、悪竜と瘴気を恐れて逃げ出してしまったからな』

「人望がまるでないっすね」

『はっはっは、言うなよ☆　泣くぞ☆』

本気で泣かせたくなるな。

「兄さま、ボクが取りに行くですっ」

ぴょんと門扉の陰からクララが躍り出た。

「うわわっ、うにゃっ、臭いっ、へんな臭いっ」

でも黒々とした瘴気に表情を歪《ゆが》め、顔色も一瞬で青くなった。

一度でも経験していなかったら、俺だって胃の中のものをぶちまけているほどの嫌悪感が襲ってくるのだ。

「クララ、ありがとう。俺は大丈夫だから、隠れてて」

「うにゅぅ……」

クララはすごすごと門扉に隠れた。

「あたしたち、遠くに逃げたほうがいいかな？」とリザ。

彼女たちが安全な場所まで移動したあと、俺一人で鞘を取りに行く。

妖精王以外、誰もいないのなら、それが最良のように思えた。

けど、もし俺がいなくなったとたん、悪竜の尻尾が別の場所へ移動したら？　シルフィたちを追いかけたら？

その危険がわずかにでもあるのなら、今、この場で、最速でもって、仕留めるのが最良の選択だっ。

「シルフィ、『術の勇者』は降ろせるかっ？」

「わかった！」

力強い即答だった。

シルフィの〝口寄せ〟は初回のみ触媒やらなんやらが必要になる。でも二回目以降は、『接続の記憶』を頼りに呼び出せるのだ。

「降りたまえ、『術の勇者』マール・ヘスター！」

詠唱は天高らかに。

白い小さな影が門扉から飛び出した。

「こうも早く『次』がこようとはな。とはいえ、前回僕に語らせなかった文句を言う暇はなさそうだ」

シルフィの姿でやれやれポーズをする『術の勇者』。

「それはまた次回に」

「ま、死した身で説教もないいな。では、存分に我が力を使うといい」

俺はシルフィを深く深く読み取り、その小軀《しょうく》に宿した『勇者』の力を読《よ》み盗《と》った。

「いくぞっ。悪竜——の尻尾！」

俺は剣で斬りかかる。当然、防御魔法で防がれた。

『何をしておる？　「術の勇者」を読み盗って魔法を使わぬとは、宝の持ち腐れであるなっ』

安全な場所から茶々を入れないでおくれ。

俺は何度か斬りかかりつつ、タイミングを計り、

「『神位の障壁』っ」


敵が出した障壁に同格魔法を重ねた。

耳を突き破るような甲高い音とともに、互いの魔法陣は霞んで消える。

相手の守りが消えた一瞬の間。

逃さず俺は、剣の切っ先を硬い鱗の隙間に突き刺した。

あふれ出る瘴気が俺を襲う。

直接包みこまれてしまえば、俺は一秒だって耐えられない。

「でも大丈夫っ」

俺は『勇者の剣』の特殊効果『妖精王の加護』を発動。無敵になって瘴気を寄せ付けない。もっとも、無敵でいられるのは十五秒だけだ。

「うおおぉぉぉぉおおおっ！」

俺は剣を深々と突き刺し、そのまま尻尾の付け根へ駆け上がった。

赤黒い血が、傷口から吹き出す。そこにも強烈な毒素と呪いが含まれていて、悪竜の血を浴びた地面はじゅわっと溶け、臭気をまき散らした。

付け根付近に到達すると、黒い霧が俺を包みこむ。

視界がふさがれた中で、俺は『勇者の剣』の〝記憶〟を読み取り、『術の勇者』からアース・ドラゴさんに切り替えて、

「『雷霆』！」


刀身に稲妻を落とした。

一発では足りない。二発、三発、四発と、無敵時間いっぱいまで魔法を撃ち続け——。

ピシッ。

悪竜の尻尾に亀裂が生まれたかと思うと、ぴしぴしと全体に亀裂が走り、
パキーン、と乾いた音を立てて巨大な尻尾が粉々に砕けた。

尾の破片はしゅわしゅわと泡になり、空気に溶けて消えていく。黒い瘴気も風に流されるように、薄れて消えた。

「うぇ……、気持ち悪い……」

制限時間をちょっとオーバーしたので、黒い瘴気をまともに浴びてしまった。息を止めてたから

体の内側は無事だったけど。

「兄《にい》さま、やったです！」

「メル、すごいっ」

クララとリザが喜びに弾けながら支えているのは、ぺたんと腰を落としたシルフィ。彼女はぐっと親指を突き上げていた。俺もサムズアップして返す。

『あっぱれであるっ。悪竜の身を一部とはいえ滅ぼす者がいようとは、ウーたんびっくりだぞ☆』

こいつに褒められてもあまり嬉《うれ》しくないなあ。

『せっかく王宮まで来たのだ。余に会っていかぬか？　ぶっちゃけ独りぼっちは寂しいぞ☆』

「本気で帰りたいけど、鞘をもらっておきたいし、招待を受けておこうかな」

『おい、心の声が漏れてるぞ☆』

むしろワザとです。

俺は新鮮な空気をいっぱい吸いこむと、ため息のように深く吐き出すのだった——。

★

どうにか悪竜（の尻尾一本）を退治した俺は、シルフィたちと一緒に妖精王が住む王宮に足を踏み入れる。

天からの声に案内され、迷路みたいに入り組んだ廊下をあっちこっち進むと、やがて大きな扉にたどり着いた。

これまでとは違い、扉の向こう側から艶っぽい女性の声が響く。

「よくぞここまで来たな、勇者ども。褒めてつかわすっ」

口調は天の声と同じ。てことは、このアダルティーな女の人の声が、妖精王本来のものなのか。

「ふっ、期待しておるな？　余の真なる声を聴き、絶世の美女を想像したのであろう？」

ぐっ……。悔しいけど、その通りだった。今までは野太いおっさんボイスだっただけに、期待は膨らむばかりだ。

「よい。許す。期待に胸を膨らませるがよい。余の豊満な胸のようになっ」

「なん、だと……？」

「ふふふ、人に連なりし者どもの男が何を好むか。余は熟知しておる。好きなのだろう？　豊満なのが」

俺の好みは横に置くとして、一般的にはその通りだろう。

「妖精とは基本、小型の少女に近しい形《なり》をしている。が、余は妖精の王であるからして、ボリューム感は人のそれと同様。しかも、妖艶な美女であるっ」

「なんて、自信だ……」

自らを『美女』、しかも『妖艶な』との形容付きとは恐れ入る。

知らず、俺は生唾を飲みこんだ。

べつに何かを想像したのではないので、シルフィはじっとこっちを見ないでおくれっ。

そして自分のなだらかな胸に手を当てて、「やっぱりメルくん……」とか寂しげにつぶやかないでっ。

「さあ、扉を開けるがよい。我が美しさに跪《ひざまず》けっ」

俺はシルフィの肩に手を置いた。目が合う。大きくうなずくと、シルフィははにかんだような笑みになった。

大丈夫だ。俺は相手が誰であろうと、惑わされたりしないからっ。

扉に手をかける。ぐっと押すと、以降は力をかけずとも、すうっと扉が開いていき。


「余が妖精王、ウルタであるっ」

「ふくよかなおばさんだっ⁉」


遠く、数段上になった場所に玉座があり、そこに座るでっぷりとした中年女性。背中には妖精の証である透明な翅《はね》が光っていた。

「驚いたかっ！」

「がっかりだよっ！」

いや待て。勝手に期待したのは俺であり、美意識が異なるかもしれない妖精さんに文句を言うのは筋違いというもの。

ふくよかな女性だっていいじゃないか。包容力があって。

「はっはっは、なかなかよい反応であったぞ。では、元に戻るとするか」

ぼよん、と気持ち悪いくらい妖精王の体が大きく膨らんだかと思うと、反動で縮まり、ボンキュッボンッなセクシー&グラマラスな美女さんに成り変わった。

「どういうこと⁉」

髪は金色のウェーブで、白い肌に白い布を巻いたような薄手の服。谷間とかおへそとか太ももとか目のやり場に困る。

「こちらが余、本来の姿である。妖艶な美女と期待を煽《あお》った上で落としてみたっ。やーい、引っかかったな☆」

「謝れっ！　世界中のふくよかな女性に謝れっ」

「ごめんな☆」

まったく反省の色が見えなかった。

脱力しつつ、俺は平静を装って広間に入る。外観や廊下と同じく、真っ白な造り。床は顔が映るくらいピカピカに磨かれていた。

「ともあれ、ご苦労であった。一部とはいえ悪竜が『妖精の国』へ現れるなど前代未聞。マジちびったぞ☆」

ぺろりんと舌を出してウインクする妖艶な美女。

いちいちツッコむのは時間の無駄と、俺はさっそく本題に入ることにした。

「悪竜に協力する妖精のこと、教えてください」

妖精王の表情がまじめなものになる。そしてすらすらと答えた。

「名はデリノ。生まれて二十年経っていない若い個体だ。我らはそちが住む世界を〝外〟と言っておるが、奴はここ数年〝外〟で暮らしているようで、妖精の国《こちら》へ戻ってきてはいない。〝境界〟を伝って〝外〟を移動しておるらしい」

俺が反応を返す前に、チップルが俺の頭の上に乗って驚きの声を上げた。

「えっ、デリノがそうなのー？」

「知ってるの？」

「チップルに、勇者《メル》のことを教えてくれたのー。でもそのとき会ったのが初めてだし、それからも見てないなー」

あ、なんとなくわかっちゃった。扱いやすいから俺の監視役に仕立てるつもりだったんだな。

「どんな妖精なの？」とシルフィが尋ねる。

「妖精なんて王様以外はみんな同じ感じだよー？　ま、チップルのが可愛いけどねー。あんまりよく覚えてないけど、髪が短くて、つんつんしてたかなー。ちょっと男の子っぽいかも」

デリノなる妖精の意図はどうあれ、今チップルは我が陣営にいる。面が割れたのは大きいな。それまでチップルに逃げられないようにしなくちゃ。

「でも、なんでデリノは悪竜に協力してるんだろう?」

この疑問がどうしても拭えない。

「理由は余も知らぬ。興味もない。が、これだけ手の込んだことをしておるのだから、ただのイタズラではなかろうて」

「恨みとか辛みとか?」

「妖精らしからぬ理由であるが、『ない』とは言いきれぬな」

うーん、やっぱり直接会って確認するしかないか。

「それで、デリノって妖精はどこに行けば会えますか?」

妖精王ウーたんはにやりと笑って、きっぱり言った。

「知らぬ」

「ですよねー」

なんとなくわかってたよ。

「ほほう、今そちは余を無能と思ったな? だがそれは違う。間違っているぞ。余の『千里眼』は〝外〟にも及ぶ。が、対象を限定して追跡する術はない。妖精の国《こちら》と違って〝外〟ともなれば、世界をすみずみまで見渡したところで、見つけるのは困難である」

「となると、誘《おび》き寄《よ》せるしかないけど……」

それもまた大変そうだ。まったくいい考えが浮かばない。

「うむ。そこで余の出番であるっ」

「大した自信ですけど、ウーたんが呼び出したとして、のこのこやってくるものでしょうか？」

「はっはっは、無理だな。妖精とは己が快楽のため、欲望のままに生きるもの。王の命令など毛ほどの価値もないっ」

本当に大した自信だなっ。

「だが、奴が悪竜の復活を目論《もくろ》んでいるのならば、奴は間違いなく玉座の間《こ》《こ》へやってくる」

「どうしてですか？」

「そちは、なぜ余がこの場から離れられぬか、理由を想像できるか？」

そういえばウーたん、悪竜の尻尾が襲ってきたのに、逃げだせなかったよな。『ここを離れられない』とかなんとか。

「話の流れを考えれば、悪竜の復活と関係しているのかな？」

「その通りであるっ。余は悪竜封印のカギのひとつ。余がこの場から離れれば、悪竜の封印が緩むのだ」

「なんだってぇー!?」

俺がとてもびっくりした横で、リザがぼそりと言う。

「あれ？　でもだからって、この部屋から出られない理由になるの？」

話に割りこんだと思ったのか、慌てて自分の口をふさぐ。

反応したのはクララだ。

「ウーたんさん、悪竜さんが復活してもどうでもよさそうな感じがするです」

まったくもってその通り。

世界の平和と我が身の自由。妖精さんなら天秤《てんびん》にかけるまでもなく、我が身の自由が優先だろう。

俺たちの疑いの眼差しを一身に受け、妖艶な美女は高らかに笑った。

「はっはっは、たしかに悪竜が復活しようが余にはどうでもよいことだ。むしろ勇者が現れた今ならば、復活したほうが楽しそうとか思ってるしな☆」

ところがどっこい、とウーたんはあっけらかんと言い放つ。

「余がこの場所から離れると、大変なことになる。具体的には、余が死ぬ」

まあ、カギがほいほい逃げ出したら困りものだ。対策はして当然だね。

「でも、よくカギになろうなんて思いましたね」

それが一番理解不能。

しかし理由は単純だった。

「騙されたんだぞ☆」

まったく悔しそうじゃないのはなぜなのか？

「余がもっとも魔力あふれるこの場に戻った際、悪竜の封印術式のひとつが発動した。余に知られぬよう、こっそり細工が施されておったのだ」

「いったい誰が？」

回答を予想しつつ、いちおう訊いてみると。

「アース・ドラゴだ」

「やっぱり……」

「奴め、余が奴の遺体に触れた瞬間、細工が起動するよう、自らの体に魔法をかけておったのだ。事前に『俺が死んだら亡骸は好きにしていい』と抜かしおったから、まんまと騙されたわ。死して余を謀るとはあっぱれであるっ」

だからなんでドヤ顔なのさ？

ちなみにメインのカギは大地母神さん（あえて様は付けない）らしい。だから世に姿を現せないのだとか。ウーたんへかけた魔法はあくまで予備で、起動したらラッキーくらいの意気込みだったとか。

アース・ドラゴさんは、最初から倒すのを諦め、周到に封印の準備をしていたようだ。

で、話を戻すと。

「つまり、『ウーたんをここから連れ出せば悪竜の復活が早まる』という情報を流せば、デリノは

そして妖精自体の力は弱いので、ウーたんをどうにかしたいなら、誰かを差し向けるはずだ。

『妖精の国』へは妖精と一緒でなければ入れない。

網を張っていれば、確実とは言えないけど、接触はできるかもしれない。

「でもいいんですか？　ウーたんを囮《おとり》にするってことですよね？」

なんか裏があるんじゃないかと勘ぐってしまう。

が、ウーたんはケロッとして言った。

「すでに事態は切迫しておる。余にとっては、な。此度《こたび》の件で、情報を流さずともデリノは気づくであろう」

「？　どういうこと？」

「悪竜の尾がここに現れたのは、デリノの仕業ではない。悪竜自らが、封印のひとつを破壊せんとした結果だ」

どうやら悪竜は、妖精の案内なしで『妖精の国』に入れるらしい。

「奴が悪竜の意図に気づけば、きっと余の命を狙ってここへ現れる。だから余を守れよ☆」

「まあ、ウーたんが殺されたら俺らも困るので、べつにいいですけど……」

なんか釈然としないけど、俺たちは『デリノ誘き寄せ作戦』を話し合った。

結論から言えば、基本は『待つ』。

ただし、デリノが悪竜の意図に気づかない場合を考慮し、妖精たちには情報を流して、もしデリノに会ったら伝えるようにお願いすることに決まった。

「気づかないなら気づかないで、余は安泰なのだが？」

そんな反対意見も出たけれど、後手に回るよりマシと説得した。

もちろん、情報を流せばこちらの意図にも気づかれる危険がある。

「奴が本気であればあるほど、乗ってくる可能性は高い。妖精とは、そのような生き物である」

ほんと、できれば関わりたくない種族だよなあ……。

で、俺たちはいったんフィリアニス王国に戻り、こっそり『妖精の国』に戻ってデリノを待ち構えることにした。

相手にバレバレな気がしなくもないけど、助けに来るのが遅れてウーたんが殺されては本末転倒だからね。

さて、ひとまず話は終わったのだけど。

「そういえば、『勇者の剣』の鞘はどこですか？」

ご褒美にくれるんですよね？

「そうであったな。たしか、ここにしまって……」

ウーたんは上体を捻り、玉座の後ろに手を伸ばした。

「ん？　あれ？」

なかなか見つからないようで、玉座の上で四《よ》つん這《ば》いになり、お尻をふりふりしながら玉座の後ろをがさごそしている。

「むむ？」

あれでもない、これでもない、と。

なにやら取り出してはぽいぽい放る。剣とか槍《やり》とか盾とか兜《かぶと》とか、木靴とか桶《おけ》とかだんだん武具ですらなくなってきたよ？

てか、玉座の裏側ってどうなってんの？

やがて、ウーたんはこちらを向いて座り直した。しなやかな脚を組み、ふふふと微笑をたたえ、

「見当たらぬ」

「ほんとにもうっ、ウーたんはもうっ！」

『手元にある』とか言ってたくせにっ！

まあ、なければないで、べつに困りはしないのだけど。

まさかこの後、この大事な局面で、迷宮探索をする羽目になるとは思いもしなかった――。

★

今後の方針は決まった。

悪竜に協力する妖精デリノを、妖精王ウーたんを囮にして誘き出す作戦だ。

その意趣返しではないだろうけど、ご褒美である『勇者の剣』の鞘が見当たらないと抜かすウーたん。

ほんとにまったくもうっ！である。

「そう怒るでない。どこかに隠れておるのだろう。中に入って探さねばな」

「中に、入る……？　玉座の裏に倉庫みたいなのがあるんですか？」

「いや、迷宮である」

「なんでそんなの作るのさっ⁉　そして大事なものを隠すのさっ⁉」

「だって楽しいだろ☆」

おっといけない。この妖精には常識を説いても意味ないのだった。

「ウーたんの『千里眼』とかでも見つからないんですか？」

「余の『千里眼』は〝眺める〟のに特化したものであるからな。探し物を見つけるのは、そちの領分であろう？　よって、そちが探してくるがよい」

また面倒な……。

「でも俺がいない間にデリノが襲ってきたら？」

「そちは余がきちんと追跡しておる。何かあればすぐ引っ張り出してやる」

ま、時間がかかるようなら諦めるか。

けっきょく俺一人で迷宮探索をすることになり、促されるまま玉座の裏に回る。見た目はなんの変哲もない、椅子の裏側なのだけど、〝妖精王の迷宮に繋がる穴が開いている〟ようだ。

妖精の国に来たときと同じく、そこへ飛びこめばいいらしい。

「じゃあ、ちょっと行ってくるよ」

「メルくん、気をつけてね」

「みんなのことは任せて」

「ファイトですっ━」

「がんばってねー」

「とおっ！」

俺は意を決して玉座の裏に飛びこんだ。ぶつかるっと恐怖したものの、するりんと体が玉座を通り抜け、

「ぶべっ」

冷たい床に顔から倒れこんだ。

「いてて……」

鼻を押さえながら起き上がる。白っぽい床とか壁とか天井に囲まれた、広い廊下だった。けっこう明るい。天井から光がしみ出している感じだ。

「しかし……雑然としてるなあ」

廊下のそこかしこに、武具やら防具やら食器やらハシゴやらなんやらかんやら……いろんなものが落ちていた。

「とりあえず進むか」

俺は『鑑定』で周辺情報を読み取る。

めちゃくちゃ広い迷宮だ。一層がちょっとした規模の都市――たとえば『勇者終焉《しゅうえん》の街』くらいあって、それが十七層。

いくつもの罠《トラップ》が仕掛けられてもいる。

まあ、どこにどんな罠があるかは〝神眼〟でお見通しなわけだが。

で、目的の鞘は第十一層という奥深いところにあるらしい。

あまり時間をかけたくないし、俺は勇者パワーで全力疾走する。最初こそ階段だったものの、次はハシゴ、その次は大穴が開いているだけ。

罠は華麗に回避して、第五層にたどり着いた。

「なんだあれ？」

なんかゼリー状の物体がのったり動き回っているのですが？

横幅は二メートルほど、高さもそれくらいの丸っこいこれはなんだろう？

名前：ラビリンスライム

体力：A^{-}
筋力：A
俊敏：C^{+}
魔力：B
精神力：B^{-}

【固有スキル】
『艶出し（液状）』：A
物体を磨いてつやつやにする能力。『艶出し』に手法特性を付与したもの。液状のもので磨くと、よりつやつやになる。
ランクＡでは艶出し前に汚れを完全除去する効果を有する。

【状態】
お掃除中。

なんだスライムか。いや、えっ？　『艶出し』？　お掃除中って……待て。それよりステータスがなんかヤバいくらい強いっ⁉

伝え聞くところによれば、スライムは最弱に分類されている。木の棒でぶん殴ったら四散して息絶えるほど、弱っちい魔物のはず。

でも体力と筋力はキングトロール並みで、魔力もかなり高い。達人でも一歩間違えば命の危険があるぞ、これ。それに色は水色に近いはずだけど、目の前でうごめくスライムは黄色というか、金色に輝いている。

名前からしてスライムの上位種——成長してクラスチェンジした感じだ。

ラビリンスライムさんは、何やら大きな金属製の板に引っ付いて、のそのそと動いている。廊下の壁に立てかけられたその板っぽい何かをお掃除しているらしい。

なんだろう、あれ？　色は白く、中央に赤い十字が描かれている。ラージシールドを成人男性くらいでっかくしたような物だけど……。

名称：聖騎士の盾
分類：盾
価値：非売品

攻撃力：A
防御力：S
攻魔力：A
抗魔力：S

【説明】

『盾の勇者』ガラン・ハーティスが使っていた攻防一体の大盾。

聖人の血がしみ込んでおり、強大な魔力を有する。

防御力が最高ランクであるとともに、打撃系武器としても一級品。

特殊効果により使用者と認められなければ、手にした者に多くの災いが降りかかる。


【特殊効果】

『聖人の祈り』

使用者のあらゆる状態異常を全回復し、十分間、状態異常を完全に無効化する効果を与える。（一日二回）

『聖人の選定』

以下の条件に合致する者を聖騎士と認め、使用者に認定する。

条件：全ステータス値がA⁻以上、かつ、ランクB以上の防御系の固有スキルを持つ。

ただし、条件に合致しない場合、持ち運んだ者にさまざまな状態異常を付与する呪いをかける。（デメリット）

【状態】

ラビリンスライムの定期メンテナンス中。汚れは完全除去状態。艶出しされている。


ものすごいものを見つけてしまった……。

『盾の勇者』ガラン・ハーティスって、どこぞの領主が『悪竜の瘴液』で変身した勇者だな。

その人が使っていた盾か。

こんなバカでかいのを振り回して武器にするのはなんか嫌だな。

それはそれとして、注目すべきは【特殊効果】のひとつ目。

これ、悪竜の呪いも完全に回復できるらしい。

しかも十分間、呪いを弾ける。連続使用で二十分間だ。

すごいっ。欲しいっ！

キラキラした目で白い大盾を眺めていたら、天井から声が降ってきた。野太くはない。

『物欲しそうな瞳で眺めておるな』

「そりゃあ、まあ……。てか、どうやってここに運んだんです？」

【特殊効果】の『聖人の選定』によれば、かなり強い人でないと呪われてしまうけど。

『余は妖精王。妖精は〝神性〟を持つ。聖人が神に連なりし者を呪えるものか』

「でも使用者とは認められない？」

『はっはっは、余を含めて妖精は弱い生き物であるからなっ』

てことは、この大盾は今所有者ナシ《フリー》の状態。やっぱり欲しいっ！

と、ラビリンスライムさんがのそのそと盾から離れ始めた。〝お掃除が完了〟したようだ。

白い盾はつやっつやに光沢を放っている。まさしく神聖な輝きだ。

ラビリンスライムさんお疲れさまです、と俺の物ではないのに感謝の気持ちでいっぱいになっていると。

ぷる、ぷるぷるぷる……。

金色のゼリー状物質が廊下中央でぷるぷる震える。そして――。

ずびゅんっ。

「どわっ⁉」

なんか飛んできたっ⁉のを、ひらりと避ける俺。

ラビリンスライムさんが体の一部――こぶし大くらいを俺へ撃ち放ってきたのだ。

「くそっ、敵認定されたのか⁉」

俺が剣を構えると、またも天井から声が。

『それを倒してはならんぞ』

「なんでさ?」苛立ちでタメ語になる俺。

『お掃除スライムくんは迷宮内のお掃除を一手に引き受けてくれておる。一匹とて無駄にはできん』

その言い方だと、まだ他にもいるらしいな。

でもたしかに、お掃除をしているだけの彼らを殺《あや》めるのは心が痛む。

「なっ、ちょ、待っ、ふわっ⁉」

ところがラビリンスライムさんは容赦なく、次から次へと文字どおり身を削って攻撃してくる。

避けまくる俺。

体を飛ばしているので、ラビリンスライムさんはどんどん小さくなっていく。

やめるんだラビリンスライムさんっ。体がなくなっちゃうよ！

ハッと気づく。

背筋に悪寒が走った。

本能に急かされるまま床に伏せると、頭の上を背後から、、、金色物質が通過していった。

振り返る。

1／3サイズのラビリンスライムさんがいた。新たに出現したのではなく、俺が避けまくった体の一部が寄り集まってできたのだ。

挟撃っ。

今までは行動を読み取るまでもなく勇者パワーで躱せたけど、二方向からはちとキツイか。

と、ラビリンスライムさんの行動を読み取った俺は、彼（彼女？）の意図をようやく知った。

彼（？）は俺を襲っていたのではなく――。

「とりゃっ」

俺は『勇者の剣』を床に突き刺し、壁際に飛び退いた。

びゅんびゅん、びゅびゅびゅん。

前後から放たれた金色ゼリー物質は、べたべたと『勇者の剣』にへばりつき。

やがてラビリンスライムさんはひとつに戻り、すっぽりと剣を包みこんでしまった。さっきと同じく、のそのそうごめく。

なんと『勇者の剣』をお掃除してくれるつもりだったのだっ。

俺への配慮はまったくなかったですね。ま、生物は眼中にないっぽいから仕方ないか。

せっかくだからぴかぴかに磨いてもらおう。

その間は暇なので、ウーたんに呼びかける。

「さっきの話の続きなんですけど、あの『聖騎士の盾』をもらっていいですか？」

ダメ元で頼んでみたら、あっさりOKが出る。

『よい。許す。が、そちらでは使用者と認められぬぞ？』

アース・ドラゴさんは使用者の条件には合致しないもんなあ。

でもまあ、ちゃんと大盾を読み取った限り、条件を満たすのはそれほど難しくはない。

でも、うーん、今日二回目だし、また今度にしようかな？と、この場は諦めようとしたとき、天使のごとき声が上から降り注いだ。

『メルくん、わたしは大丈夫だよ』

俺の考えをお見通しなシルフィはマジ天使。この子こそ大地母神として崇められるべきだと思う。

「でも今日二回目だぞ？　体キツくないか？」

『メルくんみたいにどこか痛くなるわけじゃないから、平気だよ。全力疾走するくらいの疲れだけだもん』

体力E^{+}にはかなりの負担だと思うのだけど……。

『何度も試して慣れておきたいし、やらせて』

決意は固いようだ。

「わかった。じゃあ、『勇者の剣』のお掃除が終わったら、そっちに迎えに行くよ」

『その必要はないのであるっ』

ウーたんが横から割りこむ。すると、しばらくののち。

「きゃっ」

天井から、細くしなやかな脚がするりと出てきた。シルフィが落っこちてくるのを、颯爽《さっそう》と受け止める。

「危ないなあ……。てか、任意の場所に送れるんですか？」

『余の迷宮であるからな。当然であるっ』

なんだよ。だったら俺が走って行くことないじゃん。場所を伝えて連れていってもらえばいい。

「その前に、ちゃちゃっと盾をもらうとするか」

シルフィを下ろす。

彼女はすたすたと大盾に歩み寄り、厳かに詠唱を行ってのち、

「降りたまえ、『盾の勇者』ガラン・ハーティス！」

ぶわっと、風が舞った。そして――。

「おおっ！　俺を呼んだなっ。我こそは『盾の勇者』ガラ――」

「すいませんちょっと黙っててもらえますか。あとムキムキポーズもしなくていいんで」

我が天使のイメージを崩さないでください。

わりと失礼なことを言ったのだけど、ガラン・ハーティスさんは黙って棒立ちになってくれた。

素直でいい人だ。

俺はシルフィをじっと見て、彼を読み盗り、大盾に手を触れた。

『条件をクリア。メル・ライルートを使用者として認定。契約完了。以降、契約解除はメル・ライルートの意思あるいは死亡をもって行われる』

盾がしゃべった⁉

が、無感情な声はそれからまったく聞こえなくなる。

「メルくん、どう？」

シルフィはちょっとお疲れ顔だけど、気丈にもふらつかずに立っていた。

「ああ、うまくいったよ」

とにかく、あっさり使用者として認められた。一度認められると、条件に合わなくても契約は解除されない。だから俺の平凡ステータスに戻っても問題はなかった。

大盾を裏返すと、取っ手がいくつも付いていた。振り回して武器にするために必要なのだろうか。でも、こんなかさばるものは普段持ち歩きたくない。

そうこうするうち、粛々とがんばっていたラビリンスライムさんのお掃除が完了した。

俺は剣を腰に収め、巨大な盾を手に持った。かなり重いですね。

剣を抜く。床に刺さっていた切っ先までピカピカつやつやだ。

「んじゃ、ウーたん。一度そっちに戻してもらえますか?」

『任せろ☆』

虚空から、にゅっと細腕が現れた。俺とシルフィの襟首をつかみ、ぐいっと引っ張る。

迷宮内では不思議パワーが働くらしく、シルフィの小軀はもちろん、巨大な盾を持つ俺も軽々と引き上げられ。

ぽーんと無造作に放り出されたのは、玉座の間だ。

俺はしゅたっと着地。シルフィはリザとクララが見事にキャッチ。

「もっと丁寧に扱ってよねっ」

文句のひとつは言っていいはず。

ウーたんはどこ吹く風とばかりに、あっけらかんと言う。

「では、鞘の在り処《あか》を説明するがよい。余が取ってやる」

俺が行かなくてもいいのか。なら楽ちんだ。本当に初めからこれで事足りたのだけど、『聖騎士の盾』がゲットできたから結果オーライと考えておく。

俺が丁寧に鞘の所在を伝えると、ウーたんは玉座の裏に手を回してごそごそし、あっさりと鞘を取り出した。

質素な剣と同じく、余計な装飾がいっさいない、銀色の武骨な鞘だった。

ではさっそくとばかりに、鞘の情報を読み取ると。

名称：『勇者の剣』の鞘
分類：付属品
価値：非売品

攻撃力：D
防御力：S
攻魔力：D
抗魔力：S

【説明】

『勇者の剣』の鞘。

妖精の鱗粉《りんぷん》を練りこんで作られており、防御力は最高ランク。

使用者のステータスによって形状を変化させ、武具になり得る。

特殊効果は『勇者の剣』の使用者のみ利用可能。


【特殊効果】

『妖精王の守り』

形状を変化させて防具となる。

防具となった場合、別の特殊効果が発現することがある。

どのような防具となるかは、使用者のステータスと状況による。

元の形状には、使用者の意思で自由に戻せる。


【状態】

現在『勇者の剣』を所有するメル・ライルートを使用者として認定。

うーん？

便利そうでもあり、運任せな感じがしなくもない。

これは使ってみないとわからんな、と感動が薄い俺でした。

★

迷宮内でスライムさんと戯れるうち、『勇者の剣』の鞘を入手した俺。

鞘の【特殊効果】には〝形状を変化させて防具となる〟ものがあり、俺のステータスと状況により、どんな防具になるかわからないらしい。

「ま、とりあえず試してみるか」

俺は『勇者の剣』を右手に持って勇者パワーをこの身に宿し、左手の鞘を掲げた。

念じ、『妖精王の守り』とやらを発動する。

ぽわんと虹色の光があふれた。

余計な装飾のない鞘が白く輝くと、みるみる形状を変化させた。

「なんだこれ？　兜？」

硬い半球状の帽子みたいな何か。金属製だけどわりと軽い。

名称：安全ヘルメット
（マスター仕様）
分類：兜《かぶと》

攻撃力：E
防御力：B
攻魔力：E
抗魔力：E

【説明】

頭部を守る防具。通常の『安全ヘルメット』よりも硬く、軽い。

主に工事現場やダンジョン探索で使用。

物理系の防御に特化している。


【特殊効果】

なし。


【状態】

『勇者の剣』の鞘《さや》が変化したもの。誰でも利用可能。


「なんだこれっ⁉」

『鑑定』結果を二度見する俺。

防御力はBランクとそこそこ高い。でも、工事現場の人が主に使うようなモノがなぜ？

それに、勇者ならもっと高ランクで特殊効果も付与された防具になりそうなものだが……。

安全ヘルメットとやらをさらに深く、鞘の情報まで詳しく読み取ってみれば。

「むっ、読み盗ったあとの合計ステータスじゃなくて、俺の素のステータスしか影響しないのか」

俺の素のステータスは一部がBに届いた程度。

まあ、こんなものと言われれば納得ではある。

「俺自身がもっと強くなれば、強力な防具になるのか」

面倒くさいけど、そこは元から目指していたところ。

悪竜を倒すには、俺個人の力が勇者並みにならなくてはならないのだっ。たぶん。

「デリノって妖精を誘きだすのを待つ間にも、修業しなくちゃだな」

勇者を読み盗りまくってればパワーアップできるよね？

「何年かかるかのう」

「挫《くじ》けるようなこと言わないでっ」

まあ、悠長にしていられないのは事実だ。

「なんかこう、手っ取り早くステータスが上がる方法ってないものだろうか？」

俺のぐうたら人間発言にも、シルフィたちは腕を組んで真剣に考えてくれる。

そんな中、ウーたんはあっけらかんと言ってのけた。

「あるぞ。よいアイテム《もの》が」

「マジでっ⁉」

さすが妖精の王だけはある。俺が期待に満ち満ちた瞳で見つめると、ウーたんはふんぞり返って豊満な胸を揺らした。

「アース・ドラゴに与えたものでな。凡人たる奴が若くして勇者にまで上り詰められたのは、そのアイテムのおかげである」

「前から思ってたんですけど、ウーたんってアース・ドラゴさんに甘いですね。『勇者の剣』を創ってあげたりとか」

「はっはっは、今にして思えば、言葉巧みにあれもこれもと要求されるまま与えておったわ。絶許☆」

俺の中でアース・ドラゴさんへの尊敬が畏怖に変わった瞬間だ。

もう一度じっくり話してみたいな。主にウーたんの扱いについて。

「で、そのよいモノってどこにあるんですか？」

「うむ。もろもろ併せて余が持ち帰ったはずであるが……」

ウーたんはぷりんとしたお尻を俺たちへ向け、玉座の後ろをごそごそとした。

何やらつかんでは放り投げ、俺の頭にポコポコ落ちてくる。

安全ヘルメット大活躍である。

「うーむ。そういえば、持ち帰った中にはなかったか。〝外〟で紛失してしまったらしい」

役立たず発言をするウーたん。玉座の上でくるりと身をひねり、こちらへ向いて座り直した。

「アイテムの名は『グロウダケの護符』。気が向いたら〝外〟を探してみるがよい。そちならば、すぐに見つかるであろう」

名前は覚えた。

フィリアニス王国に戻ったら、ちょっと調べてみるかな。

近場にあるなら、積極的に取りに行こう。

こうして俺たちは、ひとまず王国へと帰ったわけなのだけど。

帰って早々、思いもかけない人と再会を果たした。

「お久しぶりです。メル・ライルートさん」

赤い髪で大剣を背負った美女騎士さん、マリアンヌさんだった――。

三話　悪魔の塔

時をすこしさかのぼる。

メルたちが『妖精の国』へ赴いたころ。

フィリアニス王国近くの森に、一人の騎士の姿があった。

「ぐう、ううう……」

端正な顔を歪《ゆが》ませ、手にした大剣を握りしめて必死に何かに耐えている。

燃えるような赤い髪を後ろでひとつに縛る彼女。ふだんは澄んだ青い瞳が、今は赤黒く濁っていた。

マリアンヌ・バーデミオン。

グランデリア聖王国の名門、バーデミオン家の長女にして、固有スキル『天眼』を持つ騎士だ。

彼女は動かない。

大剣を構えたまま、体の内からあふれ出る破壊衝動を抑えるのに必死だった。

がさりと茂みが鳴る。

一匹のウサギが飛び出してきた。マリアンヌの前で首をかしげ、長い耳をぴくりと動かす。

「ぐっ、……うあっ！」

反射的に振り上げようとした剣を、あらん限りの力で押さえつけた。

ウサギはびくりと驚き、茂みの中へと跳ねて消える。

もう、限界だった。

マリアンヌは自らの意思で、『狂化』状態を解除した。

「う、ぁ、はあ、はあ……」

体が鉛のように重くなり、膝を折る。大剣を落とし、四《よ》つん這《ば》いになって息を荒らげた。

そこへ声が降ってくる。甲高い子どものような笑い声がケラケラと響いた。


「自分で自分を苦しめるなんて、オマエってマゾ？」


ぎょっとして首を持ち上げる。が、声の主と思《おぼ》しき者の足は見当たらない。左右を見ても、まさかと思い空に顔を向けても、どこにも誰もいなかった。

幻聴だろうかと、息を整えてその場に腰を落としたところで。

「ああ、そういや姿を消したままだったぜ」

またも声が聞こえたかと思うと、マリアンヌの眼前に、小さな何かが降りてきた。

手のひらサイズの人型の何か。背には透明な翅《はね》が生えていた。

短い髪が逆立ち、その姿は生意気な口調も相まって、少年を思わせる。が、人に連なる者たちとは大きさがそもそも違う上、淡い緑色の光を全身からにじませていた。

「よ、妖精……？」

マリアンヌも本物を見たのは初めてだった。伝え聞く姿形に酷似していたから、どうにか記憶から呼び起こせたに過ぎない。

「で？　アンタ、何やってたんだ？」

「えっ、あの……訓練を……」

マリアンヌは旅の途中である。『勇者の剣』に認められたメル・ライルートを追っていた。

「アンタ、勇者を探してるんじゃないの？　こんなとこでサボっててていいワケ？」

国から与えられた任務ではあるが、体《てい》のよい厄介者払いだとの自覚もあった。

だからといって現勇者の捜索をないがしろにしているのではなく、むしろ任務に支障が出かねない自身の弱点を克服しようと、時間を取って訓練していたのだ。

メル・ライルートの足取りもつかんでいる。彼は一緒にいたエルフの少女を連れ、おそらく彼女の故郷であろうフィリアニス王国へ向かっているのは間違いなかった。

「サボっているのではありません。私は固有スキルに『狂化』を持っていて、『狂化』の発動と解除を自分の意思で行えるように訓練していたのです」

おかげで、そこまではできるようになっている。

きちんと『鑑定』を受けてはいないが、ランクはDに上がっているはずだとマリアンヌは確信していた。

『狂化』の訓練は、自身との戦いだ。

丸二日ほど洞窟の中で自身の内側を見つめる訓練を行い、ようやく発動できるようになった。

『狂化』発動中も自己を見失わないよう努め、任意に解除することもできている。

「そんだけ苦労して、たったそれだけ？　やる意味なんてあんのかよ」

妖精は腹を抱えてケラケラ笑う。

「地道に続けていけば、いずれ『狂化』を自在に操れるようにもなると私は信じています。そうなれば、私は飛躍的に強くなれるでしょう」

勇者と肩を並べられるほどになりたいと、マリアンヌは切《せつ》に願っていた。

「ふうん。てか、もっと楽に強くなる方法があるぜ？」

「剣の道に、楽な道程などありません。茨《いばら》の道を進んでこそ、真なる強さを手にできるのです」

「けっ、弱い奴が使いそうな言い訳だぜ。前の勇者だって……なんだっけ？　ああ、そうそう、『グロウダケの護符』とかいうアイテムで楽に強くなったらしいぜ？」

「『グロウダケの護符』……？」

マリアンヌは首をかしげる。初めて聞くアイテムの名だった。

「今はたしか、『ボールダンの塔』にあるんだったな。ま、あそこの魔物はランクAがうじゃうじゃいるし、アイテムを取る前にくたばっちまう」

妖精はケタケタと笑うと、どこからともなく透明な瓶を取り出した。中には禍々しい色をした液体が入っている。

「こいつを浴びれば、アンタはすぐにでも勇者並みに強くなれる。ま、ちょいと苦しかったりするけど、そんくらいのデメリットはあって当然だろ？　どうよ？　試してみないか？」

妖精はずいっとマリアンヌの目の前に瓶を差し出した。

吐き気をもよおすほどの嫌悪感が体中を這いまわる。

けれど、『勇者並みに強くなれる』との言葉に、マリアンヌの腕が知らず持ち上がっていく。

手にしてはダメだとの警告。

強くなりたいとの切望。

その二つがせめぎ合う中で、マリアンヌは今さらながらの疑問を口にした。

「貴方は、誰なのですか……？」

妖精はニッと屈託ない笑みを作って答えた。

「オレの名前はデリノ。アンタと同じで、勇者に興味があるのさ」

自分と同じ。そう言った妖精に対し、マリアンヌは差し出した手を――。

★

フィリアニス王国の王宮に戻ると、マリアンヌさんがいたではないか。

「お久しぶりです。メル・ライルートさん」

赤い髪を後ろでひとつに縛り、鎧《よろい》ではなく旅装束のお姿でありつつも、大きな剣を背負っていた。

ひとまず積もる話もあるでしょうということで、女王様の計らいで別室に移動した。

草を編んだ敷物が一面に敷かれた部屋に、靴を脱いで入る。円形の足の短いテーブルを囲むようにして座った。

マリアンヌさんは大剣を外し、最後に膝をついてから、指先を床に付けて深々と頭を下げた。土下座に惚《ほ》れ惚《ぼ》れする日が来ようとは、俺も驚きである。

「まずは、あのとき言えなかったお礼を。メル・ライルート様、貴方の尽力により、街の人たちは救われました。暴走した私を、よくぞ抑えてくださいましたこと、本当にありがとうございます」

「ああ、いや、結果的にそうなったってだけで、俺も必死だったものですから……」

マリアンヌさんは上体を起こした。にっこりと微笑む。

「これ以上ない結果をもたらした。それが重要なのだと私は思います」

褒められ慣れていないので、この話はここまでにしてもらおう。

「というか、『様』付けされるとぞわぞわするので、メルでいいですよ」

「そ、それはいきなり、距離が近すぎると言いますか……」

そうかな？　マリアンヌさんのが年上だし、それでいいと思うのだけど。

「で、では、『メルさん』と呼ばせていただきます」

「それもまたくすぐったいですけど、言いやすいならそれでいいです」

さて。

では本題に入るとするか。

「それで、マリアンヌさんはどうしてここへ？」

まさかお礼を言うためだけじゃないよね？

マリアンヌさんはテーブルへにじり寄り、居住まいを正す。

「私は、勇者メル・ライルートさんにグランデリア聖王国へお戻りいただくよう、国から命を受けて参りました」

「戻る……？」

「はい。『勇者の剣』は持ち出し自由とされていましたけれど、国家の宝であります。それを抜いた『勇者』もまた、聖王国が責任をもって丁重に保護すべきとされています」

かつての勇者、アース・ドラゴは聖王国の出身。その最後の地も聖王国の領内だから、聖王国が『勇者の剣』を管理したい気持ちはわからなくはないけど、あれはもう俺のものだからなあ。

「今、戻る気はありません」

俺がきっぱりと答えるも、マリアンヌさんは動じない。

「みなさんがお出かけの間に、エレオノーラ女王陛下より簡単に事情を伺いました。メルさんは今、悪竜を倒すための準備をなされているのだとか。詳しくは教えていただけませんでしたが、そのために『妖精の国』を訪れていらっしゃったのですね」

「ええ、まあ……」

「我らとしては、きたるべき悪竜との戦いまで、メルさんには聖王国領内で十分に研鑽《けんさん》してもらえるよう、不自由のない生活を保障させていただきます。必要なものも、そろえるつもりです」

「至れり尽くせりで、嬉《うれ》しくはあるんですけど……」

「おっしゃりたいことはわかります。我らの力は勇者様に及びません。貴方でなければ成し得ないことのほうが多いでしょう。ですが、我らは出来得る限りの協力をさせていただきます。ですから──」

「あの」

「は、はいっ！」

前のめりになっていたマリアンヌさんを手で制す。

「俺は『今』、戻る気はないと言ったんです。将来的に戻らないとは言っていません」

マリアンヌさんのきれいな顔がキョトンとする。

「聖王国は俺の故郷ですから。でも、今はやることがあります。すくなくとも悪竜を倒すまでは、用事がない限りは帰らないと思います」

「そう、ですか……。では、その……」

マリアンヌさんがモジモジと挙動不審になった。何か言いにくそうだけど、その考えを読み取るのは失礼だろう。

するとここで、シルフィがずびしっと手を挙げて言った。

「ねえ、メルくん。マリアンヌさんには、しばらくここにいてもらったらどうかな？」

いきなり何を言ってるんだろう、この子は。

「よろしいのですかっ⁉」

そしてマリアンヌさんの食いつきすごいなっ⁉

「聖王国が心配してるのは、メルくんが他の国の兵士になって、敵対しちゃうことだと思う。だからマリアンヌさんが一緒にいたら、あっちの人たちも安心するるんじゃないかな？」

「はいっ。国にはすぐに手紙をしたため、監視の名目で許可をいただきますっ」

「名目て……」

他に目的があるような物言いだな。

「だ、ダメでしょうか？　雑用でもなんでもお言いつけください。もちろん食い扶持《くちぶち》は自分で稼ぎますっ」

「いや、そこまでしてもらわなくても……」

「お願いしますっ」

テーブルに額をくっつけて懇願されては断れない。

「マリアンヌさんがいいなら、俺は構いませんよ」

「本当ですかっ⁉　ありがとうございますっ。精いっぱい、務めさせていただきますっ」

嬉しそうに蕩《とろ》けた顔をするマリアンヌさんを、忌々しく眺めるのはチップルだった。

「ちょっとちょっとー。シルフィはそれでいいわけー？」

最近定位置となったシルフィの頭の上で、チップルはぷんすかしている。

「？　どうして？　それが一番いいと思う」

「だってだってー、こんな美人さんが側にいたら、メルを取られちゃうかもよー？」

「？　メルくんは物じゃないよ？」

「まったくもー、これだからお子様は困るのよねー。いいわ。このチップルさまが、恋のなんたるかを教えてあげるー」

「そこまでにしておけよチップル」

この妖精がかかわるといろいろ面倒なのよね。色恋沙汰方面には行かせないぞっ。

というか、チップルは『そこにいる』との確信をもっていなければ、目視できない。だから何もないところに話しかけている俺たちがとても残念に映ってしまうのも問題だ。

そもそも、何もないところから話し声が聞こえて、マリアンヌさんは不思議に感じてはいないだろうか？と、彼女を見やれば。

「…………………」

目を細め、シルフィの頭の上をじいっと見つめていたかと思うと。

「……よ、妖精？」

おお、どうやら認識したらしい。

「へー、もうチップルが見えるようになったんだ。すごいじゃない。もしかして、前に別の妖精と会ったことあるのー？」

「えっ？　ええ、先日、デリノという名の妖精に――」

「デリノっ⁉」

俺が突然大きな声を出したからか、マリアンヌさんは飛び上がらんほどに驚いた。

けどまあ、驚きは俺たちのほうが大きい。

「いったいどこで⁉　どんな話をしたんですかっ！」

俺がテーブルを飛び越えんばかりに迫ると、

「え、あの、ええと……ち、近いです……」

マリアンヌさんは真っ赤になって顔をそむけてしまった。怖がらせてしまったか。

反省しつつ、マリアンヌさんからデリノと会ったときの状況を教えてもらう。

「その瓶の中に入っていたのは、『悪竜の瘴液《しょうえき》』で間違いないな」

やっぱりデリノが配っていたのか。

俺は簡単に『悪竜の瘴液』の効果と、呪いについて説明した。

さっと顔を青くするマリアンヌさんに、俺は確信をもって尋ねる。

「でも、貴女《あなた》は受け取らなかったんですよね？」

「はい。正直に言って、ぐらつきはしました。けれど、あまりに楽をして手にした力では、きっと貴方の役には立たないだろうと……」

「俺の？」

「あ、いえっ。と、とにかく、その妖精は私に興味を失くしたようで、それから現れていません」

マリアンヌさんはわたわたとそんなことを言う。

「しかし、甘い話にはやはり落とし穴があるのですね。あの妖精の誘いに乗らなくて本当によかったです」

「結果的にはそうですけど、べつに楽して強くなってもいいじゃないですか？　そこは柔軟にいきましょう」

「えっ、ですが……」

「なんて言えばいいのかな？　『楽をする努力』？　俺もそんな感じでここまで来たので」

これから一緒に行動するのなら、隠しても仕方がない。むしろ隠すほうが失礼にあたる。

というわけで、俺は自分が授かった固有スキルの話をした。

「ランク、ＥＸ……？　他者の能力を、読《よ》み盗《と》るだなんて……」

「いちおう考えを読み取るのは自重しますけど、気持ち悪いなら、やっぱり一緒にはいないほうが——」

「いえっ！　そこはお構いなくっ。あ、できれば自重していただきたくはあるのですけれど……その、恥ずかしいことを考えていることが、ありますので……」

「まあ、心を細かく読めるわけじゃないですから」

「は、はい……」

なんか微妙な空気になってしまった。というか、話がズレちゃったな。

「そんなわけで、せっかく与えられた便利スキルは最大限生かして、俺は楽に強くなりたいな、と。目的達成のために近道をするのは、むしろ積極的にすべきだと思うんです」

「そう、ですね。どうにも私は、頭が固いところがありまして……」

「前の勇者も、その辺は柔軟だったみたいですよ？　妖精王をだまくらかして、ステータスを楽に上げられるアイテムをゲットしたとか」

マリアンヌさんが小首をかしげる。「もしかして」と続けた。

「『ボールダンの塔』にある、『グロウダケの護符』ですか？」

「そうそう、それですよ――てぇっ⁉　場所っ。どこにあるのか知ってるんですか⁉」

「デリノという妖精が、そんな話をしていました。何気なく出てきましたので、信憑性《しんぴょうせい》は高いかと思われます」

おおっ。世界中の情報を読み取らなくて済んだ。あれ、けっこうキツイんだよなあ。

名前がわかれば、調べるのは簡単だ。『ボールダンの塔』とのキーワードを頭に思い浮かべれば、すぐに場所は知れた。

けれど――。

「……かなり南にあるなあ。ここからだと山脈を突っ切らなくちゃいけないや」

さすがに何週間も旅はしたくない。

諦め気分に沈みかけたとき。

「ねえ、チップル。〝境界〟を通れば、すぐに行けないかな？」

シルフィから思いもかけない言葉が飛び出した。

「ふふん、らっくしょー♪」

「さすがチップルさんっ。マジ頼りになるっ」

「えへへー♪　もっと頼っていいんだからー」

褒められて即堕ちするこのチョロさもある意味頼もしい。

こうして俺たちは、楽して強くなるべく、『グロウダケの護符』のゲットを目指すのだった——。

★

ステータスの上昇速度を上げるとされるアイテム『グロウダケの護符』。

それを求め、『ボールダンの塔』を目指す俺たち。

新たな仲間を加え、意気揚々と〝境界〟を経由して塔へ向かったのだけど。


ビュオーッ。

「吹雪《ふぶ》いてますがここはどこっ⁉」

見渡す限りの雪原を、滑るように横向きに雪が吹きすさぶ。

俺の『鑑定』が正しければ、『ボールダンの塔』は遥《はる》か南の砂漠地帯のど真ん中に建っているはず。

「さっむーい！　なんなのよー、もーっ」と妖精チップルはおかんむりだが、

「お前が連れてきたんじゃないかっ」

「仕方ないじゃないのー。初めて行くところは座標を合わせるのが難しいんだからー」

間違うにしてもズレすぎじゃないですかね？　ここって思いきり北だろ？　違う？　あ、もっと南を突っ切ると、また寒くなっちゃうのか。世界って不思議。


気を取り直してもう一度、〝境界〟に入って出てくれば。

「あー、いいお天気だなあ」

一転してぎらついた太陽が頭上近くにあり、しかし気温はさっきの氷雪地帯と変わらない。かちんこちんになった岩だらけの世界だ。

「見て見てー。雲があんなに下にあるよー♪」

どうやら戻りすぎて、山脈のてっぺん付近に出てきてしまったらしい。

そんなことを七度繰り返し。


ビュオーッ！

「痛いっ！　顔に砂粒が当たって痛いっ！」


今度は砂嵐とやらに襲われた。

「ひゃーっ、とーばーさーれーるーぅ」

横風に翻弄されるチップルをシルフィが必死につかむ。そんなシルフィも小柄なので飛ばされそうで、リザが慌てて腰をつかむ。リザをクララが、クララをマリーが、マリーを俺がつかんで、どうにか耐える俺たち。

ちなみにマリアンヌさんの呼び名は『マリー』に決定した。

俺たちが呼び捨てや愛称で語らう中、一人『さん』付けなのが寂しかったようなので、出発前にみんなで決めたのだ。

さておき。

砂が渦をなす景色の中で、ぼんやりと浮かび上がる影を見つける。

どうやら近くに『ボールダンの塔』があったようだ。これまでの道のりを考えれば、かなりの幸運。

俺たちは砂嵐の中を爆走する。塔に近づくほど砂嵐は弱まって、塔へとたどり着いたころには、嘘《うそ》みたいに治まっていた。

真下から見上げる塔は高い。三十一階建て。地下も二層ある。

目的の『グロウダケの護符』は、今現在二十九階をうろついている巨大悪魔《デーモン》が持っているらしい。その魔物を倒せば、護符はゲットできる。

でも、これは……。

「にしても、でっかい扉ね」とはリザの感想。

彼女の言うとおり、五メートルくらいの重厚な扉が俺たちの前に立ちはだかっていた。

「あっ。ですが、施錠はされていないようですね」とはマリー。

扉を静かに押しやると、音もなく向こうへわずかに動いた。木製のスイングドアみたいに軽く開きそうだ。

『おーっほっほっほっほっ』との高笑いは「あんた誰っ⁉」

塔の上のほうから聞こえてきたよ？

『よくぞいらっしゃいましたわね。現世の勇者よ。ご苦労様ですわ』

「はあ、どうも……というか、貴女は誰ですか？」

艶っぽい声とか話し方は女性のものっぽいけど、妖精王ウーたんの前例があるので、ちゃんと見るまでは信用できない。ああ、いや、女の人だな。『鑑定』で塔の情報を読み取れば一発だった。

『わたくしはこの塔を管理する、ミリアリア・ドールゲンマイヤット・エル・ホイントハールマンですわ』

長い名前だなあ。

彼女は最上階の三十一階に居を構え、塔内の魔物を倒して素材を剝ぎ取り、使い魔を外に放って外部とやり取りして暮らしている。

なぜなら彼女は、

「塔に閉じこめられてるんですね」

『だ、誰がそのような世迷言《よまいごと》をおっしゃったのかしら⁉　わたくしはこの場に留まり、魔法の研究と修業を続けていますのよっ』

「で、この塔の主《ぬし》である巨大悪魔をどうにか倒して脱出を目論《もくろ》んでいる、と」

『なななぜそれをぉ!?』

ちょんちょんと脇腹をつつかれた。シルフィが小首をかしげて俺に尋ねる。

「どういう人なの？」

「俺たちと同じように、護符を求めて二百年前にこの塔に来たみたいだね」『ちょ』「でもデーモンに勝てなくて」『はうっ』「逃げようとしたけど閉じこめられたから」『やめ、』「今はデーモンから隠れて過ごしている人だよ」

『どうして全部知っていますのよぉ!?』

ネタばらしをしてあげるつもりはない。

シルフィはまたも不思議そうに疑問を口にする。

「二百年、前……？」

「ああ。この人、魔族みたいだ」

『ちちち違いますわよっ！　わたくしは魔族ではありませんわっ」

必死に否定しているけど、塔から読み取った情報では間違いない。

「魔族？」と一同が首をかしげる。

それもそのはず。

魔族は現在、その存在がほとんど確認されないほど稀少《きしょう》な種族だ。妖精並み、と言っていい。

遥か昔、悪竜を操って世界を支配しようとしたものの、悪竜を制御できずにほとんどが殺され、他種族からは『余計なことしやがって』と疎まれたため、俗世から隠れて細々と生きながらえてきた。かなりの長命ではあるけど、今や絶滅寸前らしい。

「迷惑な種族なのね」とリザ。

「悪い人ですか?」とクララ。

「いや、生き残った魔族はみんな反省して、以降は陰ながら神様や勇者たちをサポートしてたらしい。あまり役には立ってなかったみたいだけどね。あと、彼らが悪竜を生み出したわけでもないし、たんに猛威を振るっていた悪竜を利用したかっただけらしい。失敗したけどね」

『う、ううう……。これ以上ご先祖様の恥を暴露しないで……』

そんなつもりはなかったのだけど、なんか〝泣きそうになっている〟ようなので、この辺でやめておくか。

「とりあえず、俺たちがデーモンを倒します。それで貴女は自由になりますけど、護符はもらっちゃっていいですよね?」

『おーほっほっほ。そう簡単にいくとお思いですのかしら?』

ミリアリアさんは何やら復活した模様だ。

『この塔はデーモンのいわば王国。いかに勇者であろうとも、なんの準備もなしにアレを倒すのは難しいですわ』

　自分の立場をわきまえず、鬼の首を取ったかのような発言。面白い人だ。

『まずはわたくしの話をお聞きになられるのがよろしくてよ？　その上で、準備万端整えて――』

「ああ、だいたいわかってるので、必要ないですよ」

『へ？』

　俺はみんなに待っているよう伝えてから、剣の柄《つか》を左手でぎゅっと握り、重そうでいて軽い扉を右手で押し広げた。中に入る。とたん、ズズゥンと扉が閉まった。

　扉は内側からだと押したところでびくともしない。引くための取っ掛かりもなかった。いや、もし開いたとしても――。

「入った瞬間、限定スキル『悪魔の四ヵ条』が付与されて脱出できなくなるのか」

　この塔は主である巨大デーモンが創り上げた魔法による陣地で、立ち入ったものに状態異常扱いで四つの制約を課す。


〝塔から出てはならない〟

〝塔を破壊してはならない〟

〝自身および他者の状態異常を回復させてはならない〟

〝主を攻撃してはならない〟

解除するには状態異常を回復させるアイテムか魔法が必要だけど、第三項目がネックになる。

あるいは主であるデーモンを倒せばよいのだけど、これまた第四項目があるので不可能だ。

塔自体が巨大な罠《トラップ》で、入ったものはデーモンの餌になることが運命づけられているというわけか。ミリアリアさんはよく二百年も生きていられたものだと感心するよ。

『ななな何をなさっているのですのっ！　これで貴方はわたくしと同じく囚われの身。あの憎々しいデーモンを倒すこともできなくなりましたわっ』

地団駄を踏んでいる様子が手に取るようにわかる憤慨っぷりだ。

『この塔へ入るには、状態異常を無効にするアイテムや魔法が必要でしたのにっ！　その説明も聞かずに無防備に侵入するなんて貴方バカですの？　バカですわね。このおバカっ！』

ひどい言われようだ。

『……いえ、まだ望みはありますわね。外にはまだ貴方のお仲間がいますものね。特に「天眼」持ちのマリアンヌ・バーデミオンならば、塔内の魔物程度は問題なく相手ができるでしょうし、状態異常を回復するアイテムを持ってくれれば、勇者にかけられた制約も解除できますわ。であれば、デーモンも、倒せますわっ』

使い魔で塔の外とやり取りしていただけはあり、情報通だな。

希望に燃えたような口調で彼女は続ける。

『そのようなわけですから、外の皆さま、今からわたくしが言う物を用意して――』

「みんなも入っておいでよ」

『なあ――っ⁉』

ミリアリアさんが絶句する間に、みんながぞろぞろと入ってくる。ズズゥンと重々しい音が響いた。

「どう？　なんか変な感じする？」と俺が問うと、

「なんか、背筋がぞくぞくと……」リザがぶるりと身を震わせた。

「でも、それだけです？」とクララ。

マリーは大剣を構え、扉に向くも、硬直して動かなくなった。

「なるほど。破壊しようとすると、こうなるのですね」

「メルくん、どうするの？」

「ん？　そうだなあ。アース・ドラゴさんが持ってる状態回復の魔法だと、ランクが低くてみんなを元には戻せないみたいだ。でも、たしか『術の勇者』ならオッケーだったはず」

「この程度なら問題ないんじゃない？　どうせデーモンを倒せば解除されるんでしょ？」とリズ。

「まあ、そうだね」

「ですが、〝塔を破壊してはならない〟という制約が、行動を制限してしまう危険があります」

ふむ。なるほど。壁を背にした魔物を切り伏せられないとか、そんなことはあり得るな。

となると、その制約を逆に利用もできるわけだ。

「とりあえず解除したほうが有利っぽいから、そうしよう」

『――ってぇ！　何を悠長に話していますのっ！　解除できたら苦労はありませんわっ』

お、ミリアリアさんが復活した。

「大丈夫ですよ」

『一ミリも大丈夫じゃありませんわよっ！』

憤懣《ふんまん》やる方ないミリアリアさんを落ち着かせようと、俺は腰に差した剣に手を添えて言った。

「俺に制約は課せられてませんから」

『へ？』

「この『勇者の剣』には、使用者を無敵状態にする特殊効果があるんです。で、俺は塔に入るとき、それを発動してたので、デメリットオンリーの限定スキルは付与されなかったんです」

切り札をいきなり使ってしまったけど、ま、問題はないな。

しばらくミリアリアさんから返事がなかったので、シルフィに『術の勇者』を降ろしてもらい、みんなの状態異常を回復する。

「よし、じゃあとっととデーモンを倒しに行きますか」

『お待ちなさい、ですわっ』

「今度は何ですか？」

『た、たとえ制約がないとしても、この塔はデーモンの腹の中と同義。数多の罠が待ち受けていますの。わたくしとてすべてを把握してはいませんから、慎重に――』

「それも大丈夫ですよ」

俺はにっこりと笑って言った。

「仕掛けられた罠も、どこにどんな魔物がいるかも、デーモンがうろついている場所も、俺には全部わかってますから」

息を呑《の》む音が聞こえた。

『あ、貴方……何者ですの……？』

これまでいろいろ見せているから、今さら秘密にすることでもないんだけど。

「歴代に比べて、ちょっと〝眼〟がいい勇者、かな？」

今のところは曖昧にしておく俺でした――。

★

砂漠のど真ん中にそびえる『ボールダンの塔』は、はるか昔に一人の魔導師が造った研究所だ。

魔導師が死に、空き家になったところに巨大デーモンが住み着き、今はそいつの王国となっていた。

塔の最上階から下にはいくつもの罠が仕掛けられている。

元は魔導師が侵入者を阻むために作ったものだけど、デーモンは〝餌〟を確実に、美味《おい》しくいただくために利用していた。

なんでも、苦痛にあえぎ、その末に死んだ者の魂を肉ごと食らうのがお好きなようで。

罠は多彩だ。

床から大きな針が飛び出したり、天井が落ちてきたり、炎や雷、毒液の噴霧などなどなど。

しかし、そんなものに臆する俺たちではないっ。

なにせ妖精の国では『試練』という名の嫌がらせを散々受けてきたからね！

とはいえ、厄介なことがひとつあった。

この塔は最上階以外が迷路みたいになっていて、通路だらけの構造だ。

不規則に壁や床が動いて、その形を変化させていた。

そのたびに情報を読み取って進路を変えるのは面倒くさい。

「いっそのこと、天井をぶち破って上へ進んだら？」とはリズの意見。

俺もそれは真っ先に考えた。

この塔に立ち入ると、デーモンの能力で制約が課せられる。そのひとつは〝塔を破壊してはならない〟というものだ。が、俺たちはすでに制約を解除しているので、問題はないのだけど……。

「この塔、けっこう古くて、あちこちにガタがきてるんだよなあ」

慎重に破壊を続けても、崩れ落ちる危険があった。

かといって、あまり時間はかけられない。

いつ悪の妖精デリノが、妖精王ウーたんを襲うかわからないからだ。

下の階は迷路を進み、上のほうへ行ったらショートカットを織り交ぜよう。

ひとまずの方針を決め、俺たちは先を急ぐ。

罠は基本、回避。遠回りも辞さない。

魔物がいるところは強行突破。下の階は強さもほどほどなので、俺とマリーが先行し、リザが後方支援、クララをシルフィの守りとした。


順調にやってきました十七階。

これまではステータス平均がランクB以下の魔物ばかりだったけど、この辺りからは平均ランクがAに届くものもちらほら現れ始めた。

となると、平均ランクがAに満たないマリーにはキツくなってくるはずなのだけど。

「はあっ！　せいっ！　やあぁぁあぁぁっ!!」

マリーは一歩も引かない。

大剣を振るうには広いと言えない通路でも、壁に邪魔されることなく、それどころか逆に壁で切っ先を跳ね返したりと有効に使いながら、魔物を倒していく。

実力が拮抗《きっこう》する相手でも常に優勢を保っていた。

複刀剣士のムサシには後れを取ったとはいえ、彼女の技量は群を抜いている。『天眼』による先読みに加え、魔法を放っての牽制《けんせい》を上手く使っていた。

ムサシとの戦いは街中だったから、魔法の使用はためらっていたのかもしれない。

ちょっと前のめりぎみに思えたけど、下手に注意してやる気をそいではもったいない。

彼女は今、この瞬間にも成長しているのだから。

正面に新手が現れた。

巨大な目玉の魔物だ。目の周囲には無造作に手足がくっついている不気味な容姿。

現れるなり、瞳が光を帯びた。即座に光線が俺たちを襲う。

逃げ場の少ない通路。

避ければ味方に当たる可能性が高い。

「はっ！」

裂帛《れっぱく》の気合とともに、マリーが大剣で光線を受け止めた。あの大剣はその昔、勇者級の戦士が使っていたもの。ステータスは最高級。刀身の硬化と魔法攻撃を大幅に弱める特殊効果を持つ。

マリーは大剣をやや斜めにずらした。

光線の進路が折れ曲がり、壁を削った。

「やあっ！」

マリーは受け流しつつ前進し、目玉の魔物へ肉薄する。光線が途切れたその瞬間を逃さず、大剣で瞳を串刺しにした。

——ギュアァァアァアァッ！

目玉の魔物はどこから声を出したのか、断末魔の叫びとともに崩れ落ちた。

「マリー、大丈夫？　張り切りすぎじゃない？」

さすがに心配になって、ちょっと声をかけてみたのだけど。

「大丈夫ですっ」

マリーは腰の小物入れから回復薬を取り出すと、ごくごくと一気に飲み干した。ぷはっと息をついてから、

「さあ、ぐずぐずしてはいられません。先を急ぎましょう」

ずんずんと進んでいく。

「お、おう……」

俺たちはそのあとに続く。

一行が二十階に入ってから、常に注視していたデーモンの動きに変化がみられた。

これまで二十九階を当てもなさげにうろついていたのが、三十階へ移動し、まったく動かなくなったのだ。

俺たちを待ち構えている……のではない。

逆に、俺たちを『迷いこんだ餌』ではなく『侵入者』だと認定し、塔内の魔物たちへ排除するよう指揮を始めたのだ。

ま、そんなのに付き合ってやる必要なんてこれっぽっちもないけどね。

俺たちは天井を崩してショートカットする作戦を敢行した。

魔物も罠もないところで慎重に天井を切り抜き、上へ上へと移動する。

途中からは俺たちを狙って魔物が下へ集まっていたので、むしろ楽に突破できた。


そしてついに、目的の三十階に到達した。


広い部屋だった。

これまで通路を作っていた壁がひとつもなくなり、上階を支える太い柱が点在するだけの部屋。

天井も二階分の高さがある。

一方で、三十一階へ上がるための階段はない。上へは特殊な呪文を唱えなければ行けないのだ。

だからデーモンは上階のミリアリアさんを襲えなかったようだ。

「あれがこの塔の主か」

正面に、巨大な魔物がいた。

様々な骨を組み上げて作った玉座に座る、黒い大きな影。

牡牛《おうし》のような太い角。分厚い筋肉が隆起した巨軀《きょく》は黒い体毛で覆われている。背にはコウモリのような翼が生え、牙も爪も鋭く、赤黒い瞳が俺たちを睨《にら》み据えていた。

名前：アークデーモン

体力：A^{+}
筋力：S^{-}
俊敏：A
魔力：S^{-}
精神力：A

さすがは塔の主といったところか。

まさかステータスにSがある魔物に遭遇するとは。他にも多彩な攻撃魔法を持ち、国家が危険視するレベルの難敵だ。

みんなにはアークデーモンのステータスは見えていないけど、巨軀から放たれる威圧感に、みな圧倒されていた。

「ギアアアァァァアアァッ！」

咆哮《ほうこう》がびりびりと空気を震わせる。風もないのに吹き飛ばされるような感覚。

「なななんなのよ、あれぇ……」

「兄《にい》さまぁ……」

リザとクララは怯《おび》えきって俺の後ろに隠れた。

「メルくん……」

シルフィも不安そうに俺を見やる。

マリーは大剣を構えつつ、シルフィをかばうように移動した。けれど表情は硬い。

「情けないですけれど、アレは私の手には負えません……」

下手に俺と協力して戦っても、足手まといにしかならないと悟ったようだ。

俺はそんな彼女の肩をぽんと叩《たた》いた。

「ここまで頑張ってくれてたからね。ゆっくり休んでてよ」

「っ⁉　ぁ、ありがとうございます……」

真っ赤になってうつむくマリーに笑みを残し、俺は一歩前に出た。

アークデーモンを見据える。

やつは『グロウダケの護符』を持っていなかった。玉座の後ろに大きな宝箱があり、そこに収められているようだ。

目的はそのアイテムのみ。

でも、『グロウダケの護符』を使って限定スキルを得るには、今の所有者——アークデーモンを

倒さなくてはならない。限定スキル付与型のアイテムはたいていそうだけど、複数人へ同時に効果を与えられないのだ。

俺は『勇者の剣』をゆっくりと抜く。

アークデーモンは俺の動きを眺め、玉座から立ち上がろうとした。

そこを、狙って――。


ヒュンッ。ズバッ!!

「ギ、ィ……?」


一足飛びに飛びかかり、すれ違いざま首を両断した。

宙を漂うアークデーモンの頭は、何が起こったかわからないのか目をぱちくりさせてから、床に落ちる間に絶命する。

「ま、こんなもんか」

アークデーモンはけっして弱くなかった。

でも、俺がこれまで戦ってきたのは、勇者もどきや悪竜の尻尾。名前からは強そうに思えなくても、ステータスはランクSがずらりと並ぶ強敵たちだ。

俊敏がAとSの差は相当なもので、俺の動きを目で追うことすら奴はできなかった。

負ける道理がない。

「メルくん、すごいですっ」

「兄さま、すごいですっ」

「相変わらずデタラメね」

「これほどまでとは……驚きですっ」

仲間たちが駆けてくる。

「さっすがー。チップルが認めただけはあるわー」

この妖精、俺を認めてくれていたのか。驚きだ。

さて、あとは『グロウダケの護符』を回収して終わり。

あれ？　でも何か忘れているような？

そんな疑問が浮かんだ直後、上から高らかな笑い声が降ってきた。

『おーっほっほっほっ。すばらしい、感動したっ、ですわっ』

「あ、ミリアリアさんのこと忘れてたんだ」

『なにそれひどい！　ですわっ』

うん。だからゴメン。

心の中で謝る俺でした――。

★

天上から降る声に、感慨が乗る。

『苦節二百年……。にっくきデーモンを倒せる勇者の出現を待ち望み、〝次期勇者候補であるマリアンヌ・バーデミオンの成長を待たなきゃダメですわねー〟とちょっと投げやりになっていた矢先に勇者出現の報。これ幸いとばかりに、その者を誘《おび》き寄《よ》せる策をあれやこれや考えていましたら？　なんと向こうからのこのこやってきたではありませんかっ。わたくしマジラッキー！　ですわっ』

長ったらしい本音がダダ漏れですね。

『開け、ゴマ！　ですわっ』

何やら気の抜けるような叫びに続き、ゴゴゴッと天井の中央付近が開いて、階段が出現した。

とてとてと走って降りてくるのは、ちんまい人影だ。

大きなとんがり帽子と長いローブはいずれも黒。帽子からは左右に結んだお下げの黒髪が揺れている。

見た目はシルフィよりちょっと上くらいの、可愛らしい女の子だった。

女の子は小軀《しょうく》に反し豊満な胸をゆっさゆっさ揺らしながら軽快に階段を駆け下りていく。

どんどんスピードがアップして、やがて足の回転が追いつかなくなったのか、最後の段で足を踏み外し。

　びたんっ「ぐげっ」ズサーッ。

　盛大にすっ転んで床を滑った。両手をつく前に倒れたのに、顔面は無事。胸部の持ち物がクッションン代わりになったようだ。が、女の子はうつ伏せでぷるぷる震えている。

「あの……大丈夫？」

　女の子に近寄る。とんがり帽子がずれ、側頭部からうねった小さな角が生えているのが見えた。

　がばっと起き上がる女の子。帽子を深くかぶり直す。

「わわわわたくしは、ミリアリア・ドールゲンマイヒャっ⁉」

「落ち着こう？」

「ごほんげふんっ。し、失礼しましたわ。わたくしは、ミリアリア、ドールゲンマイヤット、エル・ホイントハールマン、ですわっ」

　ゆっくり確実に言いきった女の子は、『上手にできましたわ』って感じで大きな胸をそらす。微笑ましい。

　にしても、この子がミリアリアさんか。見た目は小さなお子様なんだなあ。

「ロリババアってやつか」

「失礼ですわよっ」

「あ、ごめんなさい」

つい本音を漏らしてしまった。

「と、とにかく。お礼を言いますわ。見事アークデーモンを倒し、わ・た・く・し・をっ、救出していただきまして、ありがとうございましたわ」

ミリアリアさんはローブの裾を両手で持ちあげて上品におじぎをした。

「そんな、お礼なんていいですよ。事のついでですから」

「事のっ⁉」

「ええ。ついでです」

恩着せがましくするのが嫌だったのだけど、なぜか彼女はがびーんと衝撃を受けている様子。

「ま、またまたぁ、ですわ。いいんですのよ？ 照れなくっても。囚われの美・少・女・をっ、お救いくださるため、数々の困難を乗り越えた貴方はまさしく勇者そのものっ。わたくし、とても感動いたしましたの」

「いえ、大した労力では……」

「わたくしことミリアリア・ドールゲンマイヤット・エル・ホイントハールマン、以降は勇者様のため、身を粉にして働く所存。いかようにもこき使ってくださいませっ」

「は、はあ……」

「ではさっそく、お礼の品をば」

ミリアリアさんは小ネズミみたいに宝箱へと走る。何やら口ずさんで箱を開けると、古びたお札を取り出した。

「こちらが『グロウダケの護符』ですわ」

またもささささーっと俺へと駆け寄り、護符を差し出す。にぱーっとした笑みはやっぱり年下の女の子に見えるけど、二百歳オーバーなんだよな、この人。

「お納めくださいませっ。このわ・た・く・し・からのっ、ささやかではありますがお礼の品ですわ」

うん。なるほど。

〝勇者に媚《こ》びを売って籠絡《ろうらく》し、魔族復権の足がかりにしよう〟と考えているのか。護符は彼女も手に入れたいようだけど、長命の彼女は〝勇者が死んだら回収すればいい〟と妥協していた。

「ありがとうございます」

ま、べつにいいか。悪い人じゃなさそうだし、魔法の力はかなり高い。協力関係を築いて損はないだろう。

俺が護符を受け取ると、ミリアリアさんは目をキラキラ輝かせた。『さあ、早くお使いになって！』と言わんばかりの表情だ。

俺は護符をじっと見る。

これを使えば、成長速度が飛躍的に上がる限定スキルが手に入るのだ。

悪竜を倒す上で、俺の成長は急務。

アース・ドラゴさんも言っていた。悪竜を打倒するには、『勇者級が二人は必要』と。

「二人……二人、か……」

俺自身のステータスがオールSくらいになれば、他の勇者を読み盗って加算することで、俺は勇者二人分の力が出せる。

その考えに間違いはない。

間違いは、ないのだけど……うん、なんかひらめいたぞ。

「？　勇者様？　どちらへ行かれますの？」

俺はすたすたと仲間たちのところへと歩み寄り、護符をずいっと差し出した。


「これは、マリーが使ってよ」

「えっ⁉」


驚くマリーとの間にずびゅんと小さな影が割りこむ。

「勇者様っ、何をおっしゃっていますのっ？　それは勇者様が使ってこその激レアアイテムですのよ⁉」

「そうですよ、メルさん。私なんかが受け取るわけにはいきませんっ」

外野で騒いでいるのは無視。俺はマリーの説得を試みる。

「前に俺、悪竜を倒すには『勇者級が二人は必要』って言われたんだ。で、俺自身が勇者くらいの力を得れば、俺一人で勇者二人分の力になる。その考えは今も変わらない。でも――」

ここまで言うと、マリーはハッと何かに気づいたように息をのんだ。

「そうだよ、マリー。もし勇者級が三人いたら、悪竜はもっと楽に倒せるんじゃないかな？」

「それは、そうかもしれませんが……」

「考えてもみてよ。これを俺が使っちゃうと、俺だけしか護符の恩恵には与《あずか》れない。でも、マリーが得た限定スキルは、俺も使えるんだよ」

俺が強くなるには、勇者級の強さの誰かを読み盗って、その上で修業するのが近道だ。

それは現状続けるにして、マリーが勇者級の強さを身に付ければ――。

「強くなった君を読み盗ることで、俺も手早く強くなれちゃうと思うんだよね」

俺一人が強くなるより時間は多少かかるにしても、それで三人分の勇者がそろえられるなら、むしろ効率的と言えるだろう。

そして何より重要なのは、彼女が『狂化』を持っていることだ。

自身のステータスを大幅に強化する固有スキル。

もしこれを使いこなせるようになれば、ステータス平均がＳに届かなくても、勇者級の強さを手にできる。

前は自身で制御できなかったみたいだけど、今はランクがEからDへ上がって、すこし使えるようになってきた。さらにもうひとつでも上がれば、とてつもない戦力になるはずだ。

マリーは苦悩を眉間に集めて黙考する。

やがて決意を宿した眼差しで、俺を見つめた。

「わかりました。メルさんのお役に立てるのであれば、私はなんでもやります。いえ、やらせてくださいっ」

うん、いい返事だ。

直近の問題であるデリノを警戒しなくちゃだけど、俺たちの目標はあくまで悪竜の打倒だ。というわけで。

「悪竜を倒すため、力を合わせて頑張るぞっ」

「「「「おおーっ！」」」」

みんなで片手を突き上げて気合を入れるその横で。

「ぉ、おぉー……」

事情がまったく呑みこめていないミリアリアさんには、後でじっくり説明しようと思うのでした――。

★

悪の妖精デリノを待ち構えるべく、俺たちは『妖精の国』へと赴いた。

麗《うらら》かな陽射しに誘われて、お昼前にシルフィを連れて王宮の外へ繰り出した。

野原に立つ大樹の下に並んで腰かけ、つかの間の休息を満喫する。

『グロウダケの護符』を入手してから数日、今のところデリノが妖精の国へ入ったとの情報はない。その間、特訓に明け暮れるマリーの相手をしていたのだけど、今日はゆっくり過ごそうと考えていた。

シルフィと二人、のんびりゆっくりお昼を食べよう。

そう目論んでいたのだけど。

「また、お邪魔虫がいますね」

「なによ～。チップルがいちゃいけないの～」

小さな妖精はシルフィの銀髪を寝床にして気持ちよさげに言う。

ぶっちゃけてしまうと、妖精の国にいる限り、こいつはいなくてもいいと断言できる。デリノが侵入したらウーたんからすぐ連絡が入るし、走れば王宮へは瞬く間にたどり着けるからだ。

まあ、今やシルフィの付属品みたいになってるし、気にする必要もないかな。

だからチップルはよいとしても、だ。

「ふはぁ～。おてんとうさまの下は気持ちがいいですわね～」

黒ずくめの魔族さんはいつの間に現れたんでしょうかね？

ミリアリアは黒い大きなとんがり帽子をかぶったまま、器用に寝っ転がっている。

「朝早くから出かけてなかったっけ？」

「妖精の国なんて初めてですし、今までずっと塔に閉じこめられていましたし、そこらをお散歩していましたら、メル様をお見かけしたのですわ」

「だからこっそり後をつけてきた、と？」

「わたくしはメル様の従者なれば～」

ほにゃんと言われてもいい気はしない。

ミリアリアは俺より断然年上だ。ところが『自分はあくまで従者』と主張して譲らず、呼び捨てタメ口を俺に強制している。ある意味、年長者の権限をフル活用しているわけだ。

くうっとの腹の虫の出どころはミリアリア。むくりと起き上がり、とんがり帽子の位置を直す。

「お腹が空きましたわね。お昼はまだですの？」

キラキラした瞳を、シルフィの傍らに置いた包みへ向けた。

「すこし早いけど、食べようか」とシルフィが陽だまりのような笑みで応じる。

「はいっ、ですわ」

遠慮のない人だなあ。

そんな感じで、早めの昼食になった。

俺は『勇者の剣』を抜き、鞘《さや》の特殊効果を発動させる。状況に応じて適切な防具に変化するものだ。

鞘は虹色の光を帯び、瞬時に別の物に成り変わる。

木製のローテーブルだ。丸太を縦に割って脚をつけた自然な造り。

はたしてこれを防具と呼んで良いものだろうか？　まあ、盾代わりにはなるかな。脆弱《ぜいじゃく》だけど。

これまで鞘の特殊効果をいろいろ試してみたところ、今みたいに『これって防具？』的な物が多かったりと、なかなかフリーダムだ。柔軟性があるとも言える。

そして『何に変化するかはお楽しみ』なランダム要素はあるものの、俺がその状況で欲しいなあと感じる物が出現してくれる場合が多かった。

そうでなくても、『なるほどこれは使えるぜ！』と後で感心するような物だったり。

まあ、俺の素ステータスに影響されるため、むちゃくちゃ有用な物は出てこないけどね。

ローテーブルの上にお弁当を広げる。

色とりどりの料理を堪能しつつ、わいわいきゃっきゃとお話しするうち。

「勇者様、あからさまに出歩いていてよろしいのですの？」

ミリアリアが今さらな指摘をする。さんざん食い散らかしておいて……。

「勇者様がこちらにいるとわかれば、悪の妖精デリノは警戒し、襲ってこなくなるのではありませんの？　妖精王を囮《おとり》として待ち伏せるのでしたら、『メル様はここにいない』と思わせるのが得策だと考えますわ」

「大丈夫だよ。向こうは準備ができ次第、ここへ現れると思う」

「なぜ、そう言えますの？」

「だって、時間をかければかけるほど、俺たちは強くなっちゃうからね」

マリーとの特訓は、それを見せつける意図で続けている。

デリノに知る術《すべ》があるかは知らない。あの妖精だけなら、妖精の国の現状を知る術はないかもしれなかった。

でも、たぶんあいつは知っている。だとすれば、必ずデリノには伝わっているはずだ。

俺のキメ顔を睨むように見ていたミリアリアが、ぷるぷると震えだしたかと思うと。

「さすがは勇者様ですわっ！」

びっくりしたぁ。いきなり大声を出さないでほしい。

「そこまで深いお考えがありましたのね。そうとは知らず……。わたくし、恥じ入るばかりですわ」

「そんな大げさなもんじゃないよ」

「いえいえ、ご謙遜なさらずに。ですけれど、まだ心配は尽きませんわ」

ミリアリアは顎に手を添えて続ける。

「デリノはさぞ焦っていることでしょう。とはいえ、こちらが待ち構えていると知れば、万全の状態で挑んでくるとも考えられますわ」

「まあ、そうだろうね」

また『悪竜の瘴液』を使い、誰かを犠牲にして乗りこんでくるに違いない。

「もし……、もしですわよ？」

ミリアリアは不安そうに瞳を揺らして言った。

「同時に二人、現れたら？」

俺が読み盗れるのは、一度にひとつの対象だけ。『悪竜の瘴液』で過去の勇者と同等の力を得た者を、同時に二人相手するのはかなり厳しい。

「でも大丈夫」

「なにゆえ？ですの」

やれるもんなら、今までにもやっている。そうしなかったのには、ちゃんと理由があった。

「『悪竜の瘴液』を浴びると、精神も侵されて支配されちゃうんだよ。〝動くものを殺せ〟って単純な命令にね。そんなのが二人そろったら、同士討ちを始めるに決まってる」

もはや『同士』とも言えないけど。

「ま、だからって油断はしないよ。気はしっかり引き締めますです、はい」

俺がおどけて言うと、ミリアリアは表情を緩めるのだった。

お腹が満たされると、今度は眠気が襲ってきた。

ミリアリアは真っ先に横になり、ぐーすか寝ている。

俺とシルフィはしばらく遠くの雲を眺めていた。

特に何を話すでもなく、ただ二人してぼけーっとする。やがてチップルが、シルフィの頭の上ですやすや寝息を立て始める。

まぶたが重くなり、気を紛らわせようと横に目を向けた。

シルフィも半分まぶたが下りていて、でも必死に眠気と戦っているようだ。

「我慢しないで横になったら?」

「チップルを、起こしちゃう」

なるほど。お休み中の妖精に気兼ねしていたのか。

俺は優しくチップルを両の手のひらで包んで持ち上げた。

すかさずシルフィがハンカチを取り出して地面に広げたので、その上にそーっと妖精を横たえる。

「これでよし。んじゃ、俺らもちょっと寝っ転がろうか」

「うん」

ころんと仰向けに転がると、枝葉の隙間からキラキラと光が弾けていた。風に揺られるたびにかたちを変え、まぶしさに目を細めると、眠気も増していく。

そよ風に掻《か》き消《け》されてしまうほど儚《はかな》いつぶやきが、横から聞こえてきた。

「デリノは、どうして悪竜の味方をするのかな……」

「妖精の考えることは、よくわかんないよな」

ただの悪戯心にしては、手が込んでいる。それは妖精王ウルタも言っていた。

「何か事情があるにしても、やってることは、とても許されないよ」

善悪の価値観が違う妖精を糾弾したところで、無駄かもしれない。

「だから、止めなくちゃ。これ以上、悪竜に手を貸すようなら……」

倒して、殺す。

価値観が違うというのなら、いっそ――。

「メルくん……」

そっと、俺の手の上に小さな手のひらが乗った。じんわり暖かい。殺伐とした思考が洗い流される。

「……うん。そうだね。できれば説得して、やめさせよう」

悪竜にもっとも近いところで加担しているデリノなら、俺たちが知り得ない奴の企みも知っているかもしれない。

打算はある。あるけれど――。

「俺は、悪竜なんかには、ぜったい負けない。あいつの思いどおりになんて、させるもんか」

「うん」

この翌日、ついにデリノは妖精の国へ姿を現すのだった——。

四話　宣戦布告

かつて勇者アース・ドラゴは、悪竜の封印に成功した。

悪竜は神の力で拘束され、地底深くへと沈められる。

灼熱《しゃくねつ》の世界へ送られた悪竜はしかし、朽ちることはなかった。長い年月を経て、ゆっくり惑星《ほし》の内側を漂い、ついには地表へと姿を現す。

大陸中心部にそびえるエナトス火山。頻繁に噴火を繰り返す火山の周囲には魔物すら住み着かない。大きく口を開けた火口の底は、常にマグマが煮えたぎっていた。

降り立てば数百度の熱風にさらされる死の世界。

しかしそこへ、足を踏み入れる者がいた。くたびれたローブをまとった、小柄な人物だ。

「相っ変わらず辛気くせえとこだぜ」

言いながらフードを外すと、逆立った短髪が露《あらわ》になった。

少年とも少女とも見える幼い顔立ち。勝ち気な目元がつり上がっている。

妖精デリノ。

本来、妖精は手のひらサイズの大きさだ。長く生きて力が増せば、人と同じ大きさとなって姿を保つことができる。妖精王ウルタは妖艶な美女の姿がお好みだった。

が、デリノは妖精基準で生まれたてに等しい、若い個体である。

デリノが姿を変えられるほどの力を得たのは、悪竜の影響が大きかった。

「おい、起きてんのか？　返事しろよ、デカブツ」

悪態を飛ばした先。赤く煮えるマグマの中に、巨大な黒い影が浮かんでいた。

黒い霧に遮られ、中がどうなっているかは窺《うかが》い知れない。

しかし禍々しい気配が、そこに何かよくないモノが潜んでいると物語っていた。

霧の一部が、形を帯びる。

巨大な竜の目。縦に細い瞳が、ぎょろりとデリノへ向けられた。

そこにはなんの感情も見て取れない。まるで路傍の石を視界に入れただけのような、無機質な色をしていた。

デリノはぎりっと奥歯を軋《きし》ませる。

「おい悪竜。オマエもあいつらと同じかよ。オレを取るに足らないモノ……駒としか見てないんだろっ！」

かつてのデリノは、好奇心旺盛な人懐っこい妖精だった。

〝外〟に出かけては、小さな悪戯をして喜ぶ程度の、子どもみたいな存在。

だから同じく悪戯好きの少年と、意気投合して仲良くなった。

けれど、彼は裏切った。

デリノを心無い者たちに売ったのだ。

屈辱の日々を思い出し、デリノの内で憎悪の炎が燃え上がる。

それを見て、悪竜が目を細めた。どこか嬉《うれ》しそうに。そうデリノは感じ、憎しみを爆発させた。

「いい気になるなよ？　オマエはオレがいなけりゃ、そこでじっとしてることしかできねえだろうが。せいぜいが尻尾を切り離してあがく程度だっ」

悪竜は目を細めたまま動かない。

反論してこない悪竜に、デリノは溜飲《りゅういん》がわずかに下がった。

「ふんっ。立場ってもんがわかったか？　まあ、安心しろよ。妖精王をぶっ殺して、オマエの封印を緩めてやる。早いとこ復活して、この腐った世界を蹂躙《じゅうりん》してくれりゃオレは満足なんだからよ」

そのためには、と。デリノは睨《にら》みながら言った。

「アレはまだできねえのか？　ぐずぐずしてると、勇者どもが力を付けちまうぜ？」


――案ずるな。


脳に言葉が直接刻まれるような感覚。

悪竜は声を発しない。

毎回のことながら、頭の中をいじられるような嫌悪感にデリノは表情を歪《ゆが》ませた。

と、どこから現れたのか、デリノの眼前に小瓶が二つ、ふわふわ降りてきた。

濃い紫色の液体が入った、小さなガラス瓶だ。

デリノの目の色が変わる。高揚と興奮。口の端が歪《いびつ》に持ち上がった。

「これが、そうなのかよ?」

答えは直接脳へと刻まれた。


『悪竜の瘴液《しょうえき》』。

従来のものは、浴びた者の精神を悪竜に支配されるデメリットがあった。

見るものすべてを殺しつくそうとするため、瘴液に侵された者たちは連携することができない。

だからメル・ライルートと一対一という、不利な状況しか作れなかった。

しかし今回のものは改良を加え、悪竜に精神を支配されず、自我を残すことができる。

〝神眼〟を持つメルに、勇者級の戦士を複数同時に送りこめるのだ。


もっとも、自我があるゆえの弊害もある。大きくは二つ。

ひとつは、『混沌《こんとん》の呪い』に常人の精神が耐えられないこと。

悪竜の支配がないため、即座に廃人となってしまう危険があった。使用する相手は一流の武人か、精神修行を高いレベルで行った者に限られる。

そしてもっとも危惧すべき弊害は、面倒な説得が必要なことだ。

常識を持ち合わせた人物なら、悪竜に加担することを良しとはしない。

どれほどの悪人であろうと、死ぬまで苦痛を受ける呪いにかけられてまで、力を欲しはしないだろう。

騙《だま》して瘴液を浴びせたとしても、『混沌の呪い』で自身に死しか待っていないと知れば、怒り狂って反逆するのは目に見えていた。

条件は、『混沌の呪い』に精神が耐えられる者。

かつ、自分のように世を呪っている者か、頭のおかしな戦闘狂。

人選は難しい。難しいが――。

「いるんだよなあ。一人、生きのいいのがさ」

ただ強者と戦い、勝つことに執着した男。鬼の血を受け継ぐ種族の彼なら、精神力も申し分ない。

メル・ライルートへの恨みもあるはずだ。そこをうまく突けば、協力を取り付けることはできるとデリノは踏んでいた。

残る一人は、すでに決めている。額から汗が伝うのを感じ、デリノは震える手で拭った。

と、悪竜がまたも目を細めたのに気づく。どこか楽しげに見えて、苛立《いらだ》ちが湧き上がった。

「なに見てんだよ？」

悪竜は答えない。細めた目を戻し、無感情に見つめるのみだ。

チッと舌打ちをひとつ。小瓶を持って踵《きびす》を返そうとしたとき、ふいにかねてからの疑問が頭をよぎった。

取りとめもない疑問だ。

些末《さまつ》すぎて、今まで確認することもなかった。

けれど、失敗すれば悪竜と会うのはこれが最後かもしれない。そんな小さな感傷から、デリノはその疑問を初めて口にした。

「そういやオマエ、『悪竜』って呼ばれてるけど、本当の名前はなんて言うんだ？」

カッと、悪竜が目を見開いた。

今まで一度として表さなかった激情。怒りがデリノの小軀《しょうく》に放たれる。

「ひっ……」

風はない。大地が揺れることもなく。しかしデリノは突風に襲われたようにふらつき、尻もちをついた。

竜の目が、形を失う。

完全なる黒い霧と化した。

「なんだってんだよ……」

デリノは悪竜を直視できず、小瓶を抱えて立ち上がった。逃げるように〝境界〟へと身をくぐらせる。

誰もいなくなった火口の底。

再び悪竜は目を見開いた。

ただじっと、遠方へと視線を突き刺す。

デリノとの一連のやり取りを、盗み見ていたヽヽヽ者を威嚇するように――。

★

俺は閉じた目を、ゆっくりと開いた。

木漏れ日は消え、いつの間にか灰色の雲が空を覆っていた。左右から寝息が聞こえる。シルフィもミリアリアも、チップルもまだ夢の中らしい。

「もしかして、覗《のぞ》いてるのバレちゃったかな?」

身を起こす。片方の鼻から垂れてきた血を、そっと拭った。

だいぶ慣れたと思ってたけど、妖精の国から〝外〟の情報を持ってくるのはやっぱりキツイな。

俺は妖精の国へ来てから、いやそれ以前から、ちょくちょく悪竜が封じられた場所を観察していた。デリノが悪竜に接触すると考えてのことだ。

「ま、あいつにバレてても問題はなさそうだ。デリノってのも、いいように使われてるなあ」

ちょっと哀れに思えてきたな。それに、悪竜に手を貸しているのも、やはり何か事情があるようだし。

それはそれとして、俺は情報を整理する。

俺の『鑑定』スキルは、遠く離れた場所の出来事もリアルタイムで読み取れる。

でも、実際に〝覗いて〟いるのとは違い、文字情報のみという制限があった。

会話は把握できても、心の内は直接その人を見ないと読み取れない。

悪竜はどうやら、デリノの頭に直接語りかけるような方法を使っていたらしい。だからデリノの言動と、状況からの推測になる。


奇妙な小瓶が二つ、デリノに渡った。

『悪竜の瘴液』で間違いはないだろう。でも、デリノの言葉からは、これまでとは違う効果があると考えられた。改良版かな？

これも現物を見なければ、詳細な情報はつかめない。

「二つ……、二つかあ……」

嫌な予感がする。

これまでは同士討ちの危険があるから単独でしか襲ってこなかったけど、もしかして敵味方の区別が付くぐらいの理性は残せるものだったり?

ミリアリアには『大丈夫』と言っちゃったけど、同時に二人を相手にする可能性も考慮すべきだな。

「てか、そのくらいは想定済みで、対策もバッチリだったりするんだけどね」

俺は横へ目を向ける。

銀髪のエルフっ娘《こ》が、すやすやと寝ていた。

できれば、この少女に負担はかけたくない。

そのためには——。

立ち上がり、大きく伸びをした。空を覆っていた雲が割れ、太陽が顔を覗かせる。

「俺がガンバリますですよっ」

陽射しを一身に浴びながら、俺は高らかに叫ぶのだった——。

★

デリノが妖精の国へ現れたのは、悪竜と密会した翌日の夕方だった。

やつは〝境界〟を伝って様々な場所に移動できる。新型とおぼしき『悪竜の瘴液』を入手したから、その日にもここへ侵入してくると思ったんだけど、意外にも時間がかかったようだ。

デリノの目的は妖精王ウルタ――ウーたんを殺し、悪竜の封印を緩めることだ。


それを防ぐために、俺たちは玉座の間から動けないウーたんを守るべく、玉座の間に集まった。

デリノは王宮のすこし離れたところから、まっすぐに玉座の間を目指して進んでいた。

やがて玉座の間に立ち入ったとき、やつの傍らには見知らぬ男がいた。

陰気でひ弱そうなその男は、どこぞで囚われていた殺人犯らしい。

〝大金が手に入る〟とそそのかされ、ウキウキしてやって来たその男はしかし、

「ウガアァアアアァアァアッ！」

さっそく『悪竜の瘴液』を浴びせられ、見る間に姿を変貌させた。

華奢《きゃしゃ》な小軀が二回りほど大きくなり、細身だが筋肉質の見事な体に成り変わった。

体力：A^+
筋力：S
俊敏：S^+
魔力：A^+
精神力：S

ステータスはこんな感じ。

『拳の勇者』ジェイク・リードの能力を得たらしい。

俊敏がS^+で、それをさらに向上させる固有スキルを持っている。ついでに『硬化（金剛）』のランクBまである。

肉弾戦に特化し、スピードで翻弄するタイプの勇者だ。

けど、おかしい。

「ウ、ウウウ……ガアアァッ！」

男の理性はすでに崩壊していた。

こいつが浴びせられたのは、従来の『悪竜の瘴液』だったのだ。そのため、自我は失われ、悪竜の〝動くものを殺せ〟という命令に支配されている。

従来型をあえて使った理由。

それ以外にもいろいろ奇妙な点がある。

もろもろ明らかにするには、デリノの企みを読み取る必要があった。

デリノは男の斜め後方――男の視界に入らないところに立っていた。

「けっ。ちょいと予定が狂っちまったが、まあいい。コレでオマエらは終わりだ」

予定が、狂った？

訝《いぶか》る俺を見て、デリノは口の端を持ち上げる。薄汚れたローブから出した手に、小さなガラス瓶が握られていた。

あれは、新型の『悪竜の瘴液』。

浴びた者の自我を残すよう、改良が加えられている。

そうか。そういうことか。

「おいデリノ、もうやめろ」

俺は腰の剣に触れられずにいる。

瘴液を浴びた男はいまだ苦しんでいて、首をかきむしっていた。まだ襲ってきてはいないけど、俺が剣を抜けば即座に敵認定するだろう。

そうでなくても、男が目の前にいる俺たちに飛びかかってくるのは時間の問題だった。

わずかな時間でも、俺はデリノの説得を試みる。

「お前、わかってるのか？　瘴液《それ》を浴びたら、もう死を待つしかなくなるんだぞ」

デリノの企み。

それは自我を失った男を俺と戦わせ、その間に新型の瘴液で強くなったデリノ自身が妖精王を殺すこと。

本当なら新型で強くした『協力者』と連携したかったようだけど、〝予定が狂って〟今の策に落ち着いたらしい。

連携しないとはいえ、勇者級の敵が同時に襲ってくるという状況には変わりない。

二人を同時に相手するのは、想定していた。

けど、一方がデリノ自身ってのが、ちょっと問題だ。

ズキズキと頭の奥が痛んだ。

デリノは妖精。神性を持つものを深く読み取るには、俺の体への負担が大きい。

「ふん。オレ様が死を恐れるとでも思ってんのか？」

強がりを言いつつも、まだこいつは迷っている。

いや、死ぬ覚悟はできているけど、できれば瘴液をその身に浴びたくないと考えていた。

「お前は悪竜を使って世界を滅ぼしたいんだよな？　で、それを眺めていたいんじゃないのか？

それを浴びたら、ウーたんを殺したところで、お前もすぐに死んじゃうぞ」

「はんっ。無理してオレを読み取ったのかよ？　お生憎様《あいにくさま》だぜ。オレは悪竜の呪い、い、い、程度の、く、く、苦しみは、うんざりするほど味わってんだよ。耐えてやるさ。この世界が滅ぶのを見るまでなあ」

「デリノ、お前……」

激しい怒りが湧いてきた。頭痛を吹き飛ばすほどの怒りだ。

止めなくちゃいけない。こいつは絶対に、止めなくちゃいけない、のに――。

「ガアッ！」

瘴液を浴びた男が、俺へと襲いかかってきた。

迅《はや》い。

俊敏S^{+}。固有スキルで上乗せされたそのスピードは、真っすぐ突き進んでいるのに一瞬見失ったほどだ。

ガキンッ。

顔面を狙ってきた拳を『勇者の剣』で受ける。

だが続けざまラッシュを浴び、じりじりと後退した。

回し蹴りをかがんで躱《かわ》す。すぐさまもう一方の足が、あり得ない角度で俺の顎へ迫った。これもギリギリで避ける。

嫌になるくらい迅い。

相手の行動を先読みできているからどうにか防げているけど、手一杯で攻撃に回れなかった。

同じスピードで動けたら、むしろ与《くみ》しやすい相手ではあるのだけど……。

距離を空けた一瞬の間に、ちらりとシルフィへ目を向ける。

強張った表情でこちらを見ていた。いや、これ、ムッとしてる？　なに怒ってるんだろうね、まったく。

まあ、現状シルフィには頼れない。

そもそも俺が攻勢に転じてしまっては、デリノが最後の手段を使ってしまいかねなかった。

というわけで、戦いながらやつの説得を続ける。

「デリノ、なんでだ？　どうしてお前は、そこまでして悪竜に手を貸す？　世界を滅ぼしたいと思ってるんだ？」

「あん？　オマエらに話して聞かせる気はねえよ」

「気がない、ねえ……。本当は話せないだけだろ？」

「んだとっ！」

俺が男の攻撃を防ぎつつ、いやらしく笑ってみせると、デリノは激情を露にした。

あまり怒らせたくはないのだけど、デリノ自身の口から語らせなくちゃいけないのだ。

だから俺は挑発をやめない。

「知ってるぞ。お前、見世物にされてたんだろ？」

「ちっ……。覗き趣味のクソ野郎がっ。ああ、そうだよ。オレはなあ、裏切られたんだ。親友だと思ってたのに、そいつはオレをはした金で売りやがった。ゲスな大人になあ！」

デリノは怒りで顔を真っ赤にして吐き出す。

「オレを買ったゲスどもは、オレを見世物にしやがった。それだけじゃねえ。ちょっとでもヘマをすりゃ、こっぴどく痛めつけられたさ。そりゃあ、ひどいもんだったぜ。死んだ方がマシってほどになあ」

だから、復讐《ふくしゅう》するのだ。

自分を貶《おとし》めた者たちだけでなく、繋《つな》がりがあるすべての者たちに――この世界すべてに。

「なるほど。可哀想にな」

「けっ。今さら同情なんかいらねえ。オレはもう決めたんだ。何があっても、この世界は滅ぼしてやるってな」

「いいや。同情するよ。だってお前――」

俺は、怒りを抑えつけて静かに告げた。

「悪竜に騙されてるだけだからな」

ぇっ？と小さな声が耳に届く。

「具体的に言ってみなよ。デリノ、お前はその連中にどういう風に、どんな方法で、痛めつけられたんだ？」

「な、にを……。そんなの、話したく――」

「違うな。『話したくない』んじゃない。『話せない』んだよ。だって、お前を痛めつけた奴なんて、誰一人いないんだから」

「う、嘘《うそ》だっ！　だってオレは、たしかに……ぁ、あれ……？」

デリノがよろめいた。『悪竜の瘴液』を持つ手をだらりと下げ、もう一方の手で顔を押さえている。

「見世物にされるのは、屈辱だったろうな。それ以上に、友だちに裏切られたと思いこんでいたから、辛かったんだよな。そんなお前に、悪竜は付けこんだんだよ」

ありもしない虐待の記憶を植えつけ、世界への憎悪に染まるよう仕向けた。

「友だちがお前を売ったってのも、誤解だ。お前はそもそも、その子がお前を捕まえた男たちと話しているのを見てないだろう？」

その子はただ、自慢したかっただけだ。それも、身近な子どもたちだけに。それが巡り巡って大人たちに伝わり、デリノは囚われることになったのだ。

見世物にした連中も、デリノを傷つけたりはしなかった。

彼らが悪人であるのは間違いない。だから俺も彼らを庇《かば》うつもりはなかった。

でも、彼らにとってデリノは大事な商品だ。傷つけて損はしても、得をすることはない。

「お前は、友だちへの疑心と、見世物にされた屈辱を利用されたんだ。悪竜にな」

デリノの友だちも、デリノの存在を誰にも語るつもりはなかった。デリノと約束していたからだ。

　でも、すこしは自慢したい気持ちはあったはずだ。

　自分は『妖精と友だちなんだ』と。

　そんな子どものちょっとした自尊心をどす黒く染めたのも、悪竜の仕業だった。

「違う……オレ、オレは……」

　よし。あとひと押しだ。もうすこしで、デリノは悪竜の呪縛から解放される。

　ところが、俺の考えとは真逆の反応が背後から届いた。

「ふむ。これまでか。もはや手遅れであったらしい。残念だったな☆」

「ウーたん？」

「メルよ。そちのやり方が間違いだったとは言わぬ。が、アレは悪竜と接しすぎたのだ」

　妖精王はどこか楽しげに言う。

「妖精とは、享楽のために生き、死をも楽しむお気楽種族だ。そも復讐などという感覚を持たぬ。だがあやつは悪竜に付けこまれ、妖精の本質を見失った。その時点で、もう後戻りはできなかったのだ」

　見るがよい、と促され、俺は男の攻撃をさばきながらデリノを視界の端に捉えた。

　どす黒い霧が、小軀を覆っている。

　手にした小瓶から悪竜の瘴気《しょうき》が漏れ出し、デリノを侵食していたのだ。

「殺す……殺す殺す殺す殺す殺す殺すっ！　みんな殺してやるっ！」

デリノは自らの額に小瓶をぶつけた。割れた瓶の中身――『悪竜の瘴液』がデリノの体に振りかかる。

「さあ勇者メルよ、残念なことにそちの予測通りの展開と相成った。余を守り、悪竜の企みを阻止してみせよっ」

ホント楽しそうな王様だなあ。自分が殺されそうなのに。

「ひひっ、いてえ、いてえよぉ……。ぐるじぃ……」

デリノの体が変貌する。

大人サイズになって、体つきもがっしりとした。見た目は肉弾戦を得意としそうだけど、その正体は――。

「『氷の勇者』ツルバ・ノール……」

氷にまつわる剣を振るい、氷系魔法を自在に操る、氷属性に特化した勇者だ。

素の戦闘能力も高いけど、剣を持たない今、奴の最も強力な攻撃手段はやはり、魔法だった。

「死ねっ。死ね死ね死ねぇ！」

デリノは呪いの苦痛で半狂乱になりながら叫んだ。

やつの周囲、虚空に氷の塊が無数に現れる。それらを引き連れ、デリノが大きく跳躍した。広い玉座の間の天井すれすれにまで飛び上がり、氷塊を撃ち下ろす。

俺は男の攻撃の力を利用し、後ろへ弾かれたところで床を蹴った。

迫りくる氷塊を斬り落とすも、すぐさま『拳の勇者』を宿した男に邪魔され、大半を撃ち漏らす。

撃ち漏らした氷塊は、まっすぐ妖精王に、みんなが固まる玉座付近を襲い――――ことごとくが霧散して消え去った。

玉座の周囲に、半透明の巨大な壁が現れ、氷塊をすべて防いだのだ。

「神位百二十%の守り。簡単に破れるとは思わないでよね」

シルフィの愛らしい顔がにやりと歪んだ。

「だからシルフィの顔でいやらしく笑うなっ！」

「ひっ⁉　ごめんなさいっ！」

おっと、また神様を怒鳴りつけてしまった。

「とりあえずペリちゃんはそのまま防御をお願いします」

「奇妙な愛称で呼ぶな！」

シルフィの姿でぷんすか怒るのは、大地母神ペリアナ・セルピア。

ちゃんとした名前があったとは驚きだ。

デリノが現れる直前、シルフィは大地母神ペリちゃんを〝口寄せ〟で憑依《ひょうい》させていたのだ。

シルフィの〝口寄せ〟は、俺の『鑑定』や『悪竜の瘴液』とは異なり、憑依した相手の力は得られない。勇者を降ろしても、シルフィの強さは彼女そのままなのだ。

が、神様だとちょっとだけ状況が異なる。

魔法とは違う『神力』と呼ばれる不思議パワーは使えるのだとか。

以前、無理やりペリちゃんのほうからシルフィに接続して憑依したときも、制限付きながら使えていた。

今回は正式な〝口寄せ〟なので、本来の神力《ちから》には及ばないものの、かなり堅牢《けんろう》な防壁を創ることはできるらしいのだ。

「いい？　メル。神の名を気安く口にするものではないの。まして愛称で呼ぶなんて――」

「うらっ！」

「聞きなさいよっ！」

お説教は後で聞く。今俺は、勇者級を二人相手にしなくちゃいけないからだ。

もっとも、デリノを気にしながら一人を相手にするよりも、ずいぶん楽ではあるのだけど。

「ぐ、ぅぅ……クソがっ！　だったらまずはオマエから殺してやるっ。メル・ライルートぉ！」

苦痛に顔を歪めながら、デリノはさっそく俺を挟み撃ちにしようとする。

「勇者二人を相手に、いつまで持つかなあ？　しかもオレは神性持ち。読み取り続けるのは苦しいだろぉ？」

にやついているのだろうけど、苦悶《くもん》に歪んだ顔では同情しか浮かばない。

それでも奴は氷の塊を周囲に生み出し、展開する。

デリノの言うとおり、これ以上あいつを読み取るのは文字どおり頭が痛い。でも——。

「とりゃっ！」

俺は内心でほくそ笑みながら、デリノへと斬りかかった。

「バカがっ！　食らいやがれっ！」

デリノが氷塊を一斉に撃ち放った。

頭痛に耐え、それを先読みしていた俺はひょいと方向転換。そうすると、どうだろう？

「グガアッ！」

氷塊は俺の後を追いかけてきた『拳の勇者』さんに襲いかかった。でもそこは勇者を名乗るだけはある。パンチの嵐ですべてを叩《たた》き落とした。

「くそっ。読んでやがったか。ウゼえな」

デリノはすぐさま次弾を俺へ飛ばそうと準備に入る。

とても無防備に、俺を目で追った。

「いいのか？　お前、狙われてるぞ？」

「ああん？　なにを――ッ!?」

「ガアッ！」

デリノに襲いかかったのは、『拳の勇者』を宿した男。理性を失い、動くものを殺そうとするそいつが、攻撃してきたデリノを見逃すはずがなかった。

デリノはすんでのところで氷の塊を一ヵ所に集め、男の殴打を防いだ。

距離を取ろうと後退するも、男はすぐさま肉薄する。

今のデリノは接近戦が行えない。そして『拳の勇者』を宿した男はスピードで大きく勝る。

勝負は、火を見るよりも明らかだった。

ズバッ！

そう。

理性を失った相手が、注意を別に向けていたなら、スピードで劣る俺でも簡単に背後を襲える。

そして、勝てるのだ。

胴を両断されたどこぞの殺人犯は、うめき声を上げながら黒い霧となって消えていく。その表情は、どこか安堵《あんど》したようでもあった。

「残るはお前だけだ。デリノ」

「ひ、ひひっ……。殺す……殺してやる……」

いくら自我を残そうとも、悪竜の呪いを身に受けて正気を長くは保てない。もとがお気楽種族の妖精ならなおさらだ。デリノの心は壊れる寸前だった。

それでも俺を倒そうと、氷塊を周囲に展開する。

これまでとは比べ物にならない大きさ、そして数。力を振り絞っての最大の攻撃だ。

「シルフィっ！」

俺が叫ぶと、大地母神の〝口寄せ〟を解除したシルフィが言の葉を紡ぐ。

「降りたまえっ。『盾の勇者』ガラン・ハーティスっ！」

これで最後。疲れでふらつきながら、シルフィは『盾の勇者』を呼び寄せる。

俺はそれを読み盗《よと》って――。


「突進っ！」


デリノへ突撃した。

「ひひひ……、固有スキルの『硬化（金剛）』でどれだけ耐えられるってんだっ。死ねっ！」

構わずデリノは氷塊を撃ち出す。

やつの言うとおり、いくら『盾の勇者』でも――固有スキル『硬化（金剛）』を使っても、特大の氷塊をいくつも受ければひとたまりもない。

が、俺は『勇者の剣』の特殊効果で無敵となり、

「うおぉぉおおっ！」

氷塊を弾き飛ばしながら、デリノへ体当たりを浴びせた。

抱き着き、衝撃を余さず奴の体に叩きこむ。

「ごぼぉっ!!」

デリノは白目を剝《む》いた。意識が飛び、ぐったりと俺へ体を預ける。

死んではいない。

殺すつもりがなかった。

デリノだって被害者だ。できるなら、救ってやりたいと思う。でも……。

俺はデリノを床に横たえる。

「もう、救えないのかな……？」

つぶやきに反応したのはウルタだった。

「なに、やってやれんこともない。しょせんは呪い。解呪の法もなくはないからな。ま、時間はかかるがのう」

「えっ、マジで？」

「そこまでしてやる義理はないがな。今回、余《よ》の命を守った褒美である」

ウーたんが言うと、デリノの体が光に包まれた。ふわりと浮き上がり、ウーたんのところへ移動していく……と思ったら、玉座の裏に隠れてしまった。

「迷宮《あそこ》に置くの？　お掃除されない？」

「一時的な措置である。今、余の配下は出払っておるからな。あやつらが戻ってきてからだ」

はたして妖精なんかに任せてよいのだろうか？　不安しかないので、知り合いの呪術師に今度相談してみようと心に決めた。

ともあれ、デリノを倒して一件落着。みんなは緊張から解き放たれ、表情を緩ませた――のだけど。

今一度、引き締める必要があった。

俺は玉座の入り口を睨み、言う。

「おい、いつまで隠れてるつもりだ？」

デリノが言った、『予定が狂った』元凶が、そこにいる。

「ん？　もういいの？　あー、よかった。正直、待ちくたびれてたんだよ。コレ、けっこうキツくてさ」

開け放たれた入り口から、見知った男がのんびりした口調で姿を現す。腰に四本、背中にも十二本のカタナを背負っていた。

「やあ、久しぶり。リベンジに来たよ、メル・ライルート君」

男の名はムサシ・キドー。

その長身の体躯《たいく》からは、黒い霧がにじみ出ていた――。

★

デリノを倒したのも束の間、隠れていた男が姿を現した。

黒い瘴気を漂わせる長身の男。

かつて『勇者終焉《しゅうえん》の街』でマリーに襲いかかり、俺と戦って敗れた迷惑な鬼人族――ムサシだった。

以前よりがっちりした体つき。細身に筋肉の鎧《よろい》を着こんでいるような威圧感だ。

「お前……浴びたのか。『悪竜の瘴液』を」

「うん。見ればわかるでしょ？　君なら、ね」

ムサシは細い目をいっそう細めてにやりと笑った。俺の『鑑定』についてはデリノから聞いているらしい。

「浴びればどうなるかは、承知の上かよ」

「まあね。でも、ちょっと騙された気分かな。ここまで苦しいとは思わなかったよ。すこしでも気を緩めると、頭が変になりそうだ。僕、痛いのとか苦しいのって嫌いなのに」

飄々《ひょうひょう》とした態度ではあるけど、額には脂汗がびっしり浮かんでいる。息も荒く、実際、こうして話をするのも苦痛らしい。

「てか、それ以前に浴びちゃったら死ぬの確定なんだぞ？」

「ああ、死ぬのも嫌だね。でもまあ、『最強』と引き換えなら惜しくない。今世の勇者を倒せば、僕にはその名誉と満足感が得られるんだから」

汗を滴らせ、にんまりと歪に笑う。口調が前会ったときと変わらないだけに、むしろ異様に感じられた。

「だったらなんで、デリノと一緒に俺を襲わなかったんだ？　そっちのが確実だったろうに」

デリノもそのつもりだったはず。でもこいつは、共闘を拒んだ。デリノの『予定が狂った』のは、こいつのわがままのせいだ。

「一対一での戦いは僕のポリシーでね。ああ、相手が複数でもべつに構わないよ。でも、僕は一人で戦いたいの。それだけ」

なかなか潔いように聞こえるけど、実際にはこいつ、あの手この手と策を弄して、実力が上の相手を不利な状況に追いこんでから倒すのが大好きらしい。

俺も人のことは言えないけど、こいつほどわがままじゃないと思いたい。

「ムサシ・キドー」とマリーが背後から声を震わせた。

「私にはわかりません。貴方にとって戦いこそ……戦って勝つことこそが生きがいだとは理解しました。けれど、そのために死期を早める選択をしたのは、どうしても……」

　ふむ、とムサシはマリーへ目をやって答える。

「君みたいな常識人には説明したってわからないだろうね。でも、メル・ライルート君はすこしだけ僕の気持ちがわかるんじゃないかな？」

「いや、ぜんぜんわからん」

「あれ？」

「どう考えてもお前、頭おかしいと思う」

「ひどいなあ。ま、自覚はあるよ。ただ、僕からすれば君も大概だよ？　悪竜に挑もうなんて、どうかしてる。呪いを受けてみて、初めて理解したよ。アレは、触れてはならないものだ。その意味で僕は後悔していない。アレが復活する前に、『最強』を手にしたまま死ねるんだからね」

「最強、ね……」

　息をするのも苦しいはずなのに、ムサシは俺と長々話している。

　絶対に勝てると確信しているがゆえだ。

「そう。今の僕は最強だ。なにせ、過去最強の勇者を宿しているんだからね」

　ムサシが現れた瞬間、奴のステータスを読み取って驚いた。

体力：S^+
筋力：S^+
俊敏：S^+
魔力：S^+
精神力：S

【固有スキル】

『天眼』：S
事象の本質を見抜く眼力。

ランクSでは知識や経験の積み重ねで体系化された技術の一端を知るだけで完全理解し、即座に身に付けることができる。

また対象の状況から動きを完全予測する。その精度は未来予知に匹敵する。

『武装強化（神権）』：S
装備品のステータスを大きく向上させる能力。『武装強化』の最上位スキル。
スキルランクと同等に、武装の各ステータスを上昇させることができる。

【状態】

限定スキル『混沌《こんとん》の呪い』の効果により、"混沌"に汚染されている状態。

心身ともに極めて不良。

全ステータスが『剣の勇者』メリス・バルキュリアスの能力に置き換わっている。


『剣の勇者』メリス・バルキュリアス。

あらゆる武技を体得し、様々な魔法を操る『至高の勇者』とも言われた英傑だ。

特に剣技は神をも凌駕《りょうが》すると謳《うた》われ、ひと振りで山を両断し、海を割ったと畏怖されていた。

ステータスはほぼカンスト。

そして固有スキルが反則すぎる。『天眼』のランクSは俺の『鑑定』EX並みに先読みできそうだし、『武装強化（神権）』に至っては、そこらの木の棒が伝説の武器と同じになるんだよ？

こんなすごい人でも、悪竜には勝てなかったのか。

ムサシは腰に差した剣――刀を二本、それぞれの手で抜いた。さらに二本を刀身で引っかけて抜き、空中で弾いて躍らせる。

「そろそろ始めたいんだけど、いいかな？　いちおう、そっちの準備が終わるまでは待っていてあげるけど、どうする？」

「ひとつ、言っておく」

「何かな？」

「他のみんなには、手を出すな」

ムサシはきょとんとしてから、へらへらと笑った。

「僕は君以外に興味はないよ。一緒に戦いたいなら止めはしないけどね」

「妖精王にもか？」

「もちろん。デリノ君はもう負けちゃってこの場にはいないし、義理を通す気は最初からないしね。そもそも、あんな化け物の復活が早まったら僕は困る。伝説はすこしでも長く残したいじゃない？　だから妖精王には一切手を出さないと誓おう」

「……妖精王、には？」

「言ったろう？　他には興味がない。路傍の石にならちょっとは注意するけど、蟻《あり》なんて気にならないよ。躓《つまず》きようがないからね」

俺の仲間を蟻と評した物言いも頭にくるが、嘘つきっぷりにも反吐《へど》が出る。

こいつはいざとなったら、妖精王ウーたんすら攻撃し、俺の隙を作りだそうとするつもりだ。

ムサシは刀を飛び道具にもできる。背中に十二本も用意したのは、そういうことか。

「シルフィ、ペリちゃんを呼んでくれ」

「う、うん」

ちょっと戸惑いながらも、シルフィは大地母神を〝口寄せ〟する。

「降りたまえっ。大地母神ペリアナ・セルピア！」

シルフィの雰囲気が一変した。俺にじろりと目を向ける。

「何度も言うけど、神の名を軽々しく口にするものではないの。あまつさえ愛称だなんて……」

「シルフィも名前で呼んでましたよ？　しかも呼び捨て」

「いいんだもんっ。〝口寄せ〟の儀式に必要だからいいんだもんっ。それに、この子はちゃんと敬ってるもんっ」

口を尖《とが》らせて拗《す》ねたシルフィというのも新鮮だ。

ともあれ、これで仲間が襲われる危険は減った。ムサシのことだから油断はできないけど。

ムサシはにやにやと笑っている。

「いいの？　今の僕と対等以上に戦うには、僕に宿る『剣の勇者』を読み盗らなくちゃいけない。

でも、そのエルフちゃんが大地母神を憑依させたままだと、それは不可能だ。いや、それとも、呪い付きで僕を読み盗るのかな？」

「どの口が言うんだよ。お前、俺の『鑑定』を封じようとあれこれ考えてるじゃないか」

「あはっ♪　バレちゃった？」

「矛盾してるよな。お前、強い奴と戦って勝つのが好きなんだろ？」

「矛盾はしてないよ。君は強い。僕はメル・ライルートという今世の勇者に勝ちたいんだ。その力が発揮できないように頑張るのは、むしろ僕の本来の戦い方なのさ」

「本来、ね……」

俺はゆっくりと剣の切っ先をムサシに向けた。

奴の体から、黒い霧がじわじわ滲《にじ》み出《だ》しては、虚空に溶けて消えていく。

黒い霧が、ゆらりと揺れた。

ムサシは空中で刀を一本、俺へ弾き飛ばし、

「せやぁっ！」

突き進む刀を追うように、俺へ突撃してきた。

襲い来る刀を剣で叩き落とす。即座にムサシがもう一本の刀を飛ばす。

予測していた俺は紙一重で避け、二刀による剣撃に備えた。

『勇者の剣』一本では足りない。

いくら相手の行動を先読みできても、対応が追いつかなければ意味がない。

俺は左手で鞘《さや》を抜き、ムサシの二刀攻撃をさばいていく。

暴風を生み出すほどの、剣の乱舞。

俺は防ぐのがやっとだ。

斬撃を躱し、懐《ふところ》に飛びこんで攻撃に転じようとしたけど、ムサシは手にした刀を器用に使って背中の刀を抜き、手数を増やした。

太ももに刺さりそうな刀を、逆にムサシへ弾き返す。

ムサシは事も無げに刀身で受け止めると、俺への攻撃を続けながら背中の鞘に収めてしまった。

曲芸師とかそんなレベルじゃないっ。

ムサシが操る『鬼道流複刀術』は、奴が独自に編み出したものだ。

全ステータスはもちろん、経験も『剣の勇者』に塗り替えられた今のムサシは、逆にそれが使えなくなっているはずだった。

でも、『天眼』ランクSの効果は、ムサシの記憶から『鬼道流複刀術』の本質を理解し、即座に熟練の域まで引き上げたらしい。

「ふはっ、ふはははははっ！　これはすごい。いやホントにすごいよっ。『剣の勇者』の力は！」

ムサシは刀を振るいながら哄笑《こうしょう》を上げた。

「さすがは歴代最強。いくら〝神眼〟が使えても、君が読み盗ったのは最弱と言ってもいい中途半端な勇者だ。〝神眼〟に匹敵するランクSの『天眼』を持つ僕には、やはり敵わないようだね」

剣圧に押され、俺は後退した。でもムサシは俺がそうするとわかっていたかのように、ぴったりとくっついてきた。いや、実際にこいつは、〝未来を予知した〟のだ。

「ふはははっ。どうする？　僕を読み盗って、ステータス上は対等になるかい？　でも同じ呪いを受けたとして、君に耐えられるかな？」

俺は以前に一度、呪いをこの身に受けている。

あれはキツかった。経験したから多少は我慢できるにしても、たぶん一分も持たない。対するムサシは余裕がないにせよ、すでに長い時間耐えている。

相手が最高ランクの『天眼』持ちである以上、〝神眼〟は大きなアドバンテージにならない。実力が互角になったとしても、勝負がつかずに時間が過ぎ、俺が先に精神を崩壊させてしまうだろう。

ムサシはそう、考えている。

「目論見《もくろみ》どおり、ってわけか……」

ムサシの体に張りついた黒い霧を睨む。頭が割れるように痛んだ。

「そのとおりっ。もはや君に勝機はない！」

「お前に言ったんじゃ、ないんだけどな……」

つぶやきは剣撃の音にかき消えたらしい。

「何か言ったかい？　まさか命乞いじゃないよね。僕を失望させないでくれよ」

俺は答えない。

もはや語る言葉を、俺は持ち合わせていなかった。

「でもまあ、仕方のないことだよ。あえてもう一度言うけど、僕の『天眼』は君の〝神眼〟に匹敵する。先読み勝負で互角なら、あとは純粋なステータス値の勝負だ」

ムサシはニタリと笑った。

「遊びは終わりだ。そろそろ本気を出しちゃうね」

禍々しい黒い霧が、奴の体から吹き出した。

「最強と最弱《ぼくきみ》では、始めから勝負は決まっていたのさっ」

たしかにそうだ。

ムサシが最強の勇者の力を得て、俺が奴の言う最弱の勇者で戦いを始めた時点で、決まっていた。


――俺の、勝利という結末が。


右手の剣と、左手の鞘を、渾身《こんしん》の力で振るう。

王宮を揺るがすような轟音《ごうおん》とともに、ムサシの両手が刀ごと弾かれた。

がら空きになった胸元を見やる。

あそこに剣を突き刺せば、俺の勝ちだ。

「残念でしたぁ。僕のが早いよ」

思いきり剣を振るったから、俺も体勢が崩れていた。俺が剣を構えて攻撃するより先に、ムサシは崩れた姿勢のまま俺の首を刎《は》ねにくる。

俺は自身の首をかばうように、左手を前に出した。

「え……？」

キョトンとするムサシの動きが止まる。

俺の左手には、さっきまで盾代わりに使っていた鞘ではなく、手のひらサイズの木製の筒が握られていたからだ。

ムサシの開かれた目を、真っすぐに見据える。

やはりこいつには、この木筒が何かわからない。

情報がまったくない中では、『天眼』による未来予知でも、すぐには理解できなかったのだ。

「弾けろ」

「まさかっ！　爆だ――」

俺のひと言で、ムサシは俺の作戦通り〝爆発物〟だと予想し、後方へ飛《と》び退《の》こうとした。俺が〝自爆作戦に出た〟と考えて。

でも残念。

俺が手にしているのは、爆発物なんかじゃない。

『勇者の剣』の鞘。

その場の状況にもっともふさわしい防具に変化するという特殊効果により、形を成したものだ。

俺の貧弱な素ステータスでは、そもそも相手を圧倒するようなものには変化できない。

これは、単なる――。

カッ！

木筒が弾けると、まばゆいばかりの光が玉座の間を白色に塗りつぶした。

「ぐあっ！　これは――ッ⁉」

『閃光弾《せんこうだん》』と呼ばれるものらしいです。

木筒には閃光魔法が閉じこめられていて、俺の掛け声で発動したのだ。相変わらず、これが『防具』かと言われると、深く考えちゃダメな気がするけど。

「くそっ、目が……」

見えないよな？　俺もそうだ。でもね——。

ずぶりっ。

「ぐ、ぁ……」

俺は奴の胸に、深々と『勇者の剣』を突き刺した。心臓を、正確に。

「お前の『天眼』は、相手を直接見なくちゃならない」

目や体のちょっとした動きや、呼吸の仕方なんかも総合的に理解、分析したうえで、次なる動作を予知する。

だから視覚を一時的にでも奪えば、未来予知はできなくなるのだ。

俺も相手の動作を読み取るには、直接見る必要がある。

でも、相手がどこにどんな姿勢でいるかは、周囲を——もっといえば世界そのものを読み取れば知れるのだ。

どのくらい経っただろうか？

反撃はなかった。

視界が、徐々に色を取り戻していく。

「お前の負けだ、ムサシ」

「な、ぜ……？」

なぜ、自分が負けたのか？

答えは簡単だ。

ムサシは自分を『強者』だと驕《おご》り、俺を『弱者』だと侮った。

本来の奴は、強者に策を弄して勝つ能力に長《た》けている。それを生きがいとまで感じていた。

でも、シルフィの〝口寄せ〟を封じた瞬間、奴は自分を上に据え、本来の戦い方を忘れて油断したのだ。

ま、そもそも『剣の勇者』が強くて、アース・ドラゴが弱いって考えが間違ってるんだけどね。

だって『剣の勇者』は悪竜に負け、あの人は負けなかったんだから。

なんてことを、俺はムサシに答えてやる代わりに、

「なぜって？　弱者が強者に勝つ理由は、お前が一番よく知ってるだろ？」

「そう、か……。そうだった、ね……がはっ」

ムサシが血を吐いた。だらりと腕が下がる。手から二本の刀が滑り落ち、カランと乾いた音を奏でた。

ゆっくりと剣を引き抜くと、ムサシは膝を折り、ぺたりと腰を落として項垂《うなだ》れた。

皮膚が黒ずみ、霧となって虚空へ昇っていく。

黒い霧が、ムサシの頭上に寄り集まっていった。

形を帯びた黒い霧は、やがて巨大な〝目〟を作り上げた。

ごつごつしたまぶたがわずかに下がり、縦に細い瞳が無感情に俺へと向けられる。

「高みの見物とはいいご身分だな、悪竜」

この目は悪竜のそれ。

以前の尻尾のときとは違い、実体が現れたのではない。実体を映した影のようなものだ。

「メル、ダメよっ。それを読み取っては……」

シルフィに憑依した大地母神――ペリちゃんの忠告。

ありがたいけど、もう遅いんだよね。

ムサシの体からにじみ出ていた黒い霧も、悪竜本体と繋がっている。俺は戦っている間中、ずっと読み取っていた。脳を握りつぶされるような痛みで、今にも意識が飛びそうだよ。


でも、おかげで知った。

悪竜《こいつ》の目的を。


「ただ『絶望を喰《く》らう』。そのためだけに、よくもまあこんな手の込んだことをしたもんだ」

デリノに偽りの記憶を植えつけて俺たちにけしかけ、ムサシに『剣の勇者』の力を与えたのも、彼らが失敗し、絶望するのを目論んでのことだ。

こいつにとって、『妖精王を殺して復活を早める』ことは興味の埒外《らちがい》。

仮にそうなったとしたら、俺たちの絶望を喰うつもりだった。

それだけじゃない。

悪竜に挑んだかつての勇者たち。

倒せず、逆に殺された者たちの絶望はもちろんのこと、封印に成功した勇者たちもまた、絶望の中に沈んでいた。

勇者と呼ばれる彼らは、大なり小なり義憤に駆られて悪竜の打倒を目指した。

圧倒的な力を持つ悪竜。

その討伐という難問を、後世に押しつけることにみな、絶望したのだ。

こいつにとっては、自分が封じられようが、復活が遅くなろうが、良質の『絶望』が喰えればそれでいいらしい。


「でも今回は、俺の勝ちだな」


悪竜のまぶたが、わずかに震えた。

ムサシの体がぐらりと傾く。横に倒れ、その表情が明らかとなった。

半身がすでに霧と化し、片側が黒く染まった顔には、恍惚《こうこつ》とも取れる満足の笑みが浮かんでいたのだ。

「こいつの望みは、『戦って勝つ』ことじゃない。『弱者が強者に打ち勝つ』ことだ。それを自身の敗北で体現したのだから、絶望なんてしない」

実は俺のほうが最初から強かった、とか最後に言ってたら、絶望しちゃってたかもしれない。だからあえて言わなかったのだ。

まあ、デリノの絶望は美味《おい》しく食べられちゃっただろうから、引き分けってところかな？


――認めよう。


頭の中で重苦しい声音がこだました。

――此度《こたび》は、我の敗北である。

驚きの声が仲間たちから上がった。妖精王ウーたんもびっくりしている。

みんなにも聞こえているようだ。

――敗北は、あのとき以来か。我を予定通り封じた彼《か》の勇者。よもやその後継に、再びしてやられるとはな。

ああ、そうだったな。

アース・ドラゴさんは、絶望なんてしなかった。

自分では悪竜を倒せない。封じるのがやっと。自分はただのつなぎ役だから、後世に責任を押しつけるのも、実はなんとも思ってなかったのだ。

あの人、けっこういい性格してるよな。

「次も俺たちが勝つ」

俺の挑発にも、悪竜は淡々と、一片の感情も表さずに返した。

――微々たる敗北を幾たび重ねようと、我に真の敗北は訪れない。もがくがよい。抗うがよい。いずれ我が勝利するとき、そなたの絶望は格別の美味となろう。

悪竜は悠久の時を生きる化け物だ。

たかが十数年なんて、あくびする間と変わらないのだろう。

のんびり待ってくれるのは望むところだけど、こいつの余裕ぶった態度は気に入らない。

とはいえ、どんなカッコいい決め台詞《ぜりふ》を投げたところで、悪竜の感情はみじんも動かないんだろうな。

てなわけで、ここはオーソドックスに。

「お前は俺たちが倒す。首を洗って待ってるんだな、悪竜。いや――」

俺は、奴にとって最大級の侮蔑を言い放った。

「堕天せし最高神――ファブス・レクス！」

くわっと奴の目が見開いた。

風もないのに吹き飛ばされそうな激情。

さすが元神様だね。名前を呼ばれて怒るなんてさ。


——我が名を口にしたかっ！　下等生物ごときがっ！


「その下等生物に、お前は滅ぼされるんだよ」

宣戦布告とばかりに、俺は『勇者の剣』で巨大な目玉を両断する。黒い霧が虚空に飛び散り、消え去った。

文句を言えずに退場させられた悪竜ファブス・レクスは、さぞや怒っているだろうね。

満足したら、さすがに限界になったらしい。

俺を支えようと駆け寄る仲間たちを視界の端に捉えると、俺はようやく意識を手放すのだった——。

★

エルフの国、フィリアニス王国の王宮中庭。

芝生の上でのんびりしようと、シルフィと二人でやってきた。

先に腰を下ろしたシルフィは、ぽんぽんと自分の膝をたたく。

膝枕ですかそうですか。

きょろきょろと周りに人がいないのを確認し、俺はおっかなびっくりで寝っ転がった。

「てか、お前のほうが疲れてるんじゃないのか？　さっきまでペリちゃんを降ろしてたんだし」

「そんなでもない。もう慣れたよ」

柔らかな笑みをたたえる少女の姿は、はっきり言って本物より大地母神と呼ぶにふさわしい。いやホントマジでっ。

「会話は聞こえてたか？」

「うん。大地母神様のお考えも、メルくんの決意も、ぜんぶ。それを踏まえて、わたし……わたしはね――」

シルフィの表情が陰る。

言いにくそうに、心底申し訳なさそうに、彼女は言った。

「悪竜を倒すのは、無謀だと思う……」

二時間ほど前のことだ。

妖精の国でデリノの襲撃を跳ね返し、悪竜に宣戦布告した翌日。

エルフの国へと戻った俺たちは、今後の方針を話し合うため王宮の間に集まった。

草を編んで敷き詰めた床。靴を脱いで、俺は部屋の真ん中、上座の正面で胡座《あぐら》をかく。

俺の後ろには関係者各位——俺の仲間たちが座っていた。

リザはエルフ側所属となっていて、左右に居並ぶ重鎮たちの末席にちょこんと、居心地悪そうにしている。

一段高くなった上座の手前、俺の斜め前には、シルフィのお母さんであり、女王であるエレオノーラさんが、こちら向きに正座していた。

そして、女王様を差し置いて上座に鎮座するのは、シルフィだ。

凛《りん》とした雰囲気は、普段の彼女とかけ離れている。

それもそのはず。


「では敬虔《けいけん》な信徒諸氏よ。我、大地母神ペリアアナ・セルピアより神託を遣わす」


今シルフィの体には、大地母神ペリちゃんが憑依しているのだ。

この場にいる全員が、一部を除き一斉に頭を下げた。

俺とクララがとても遅れてみんなのまねをする。

「う、うむ。みな、面《おもて》を上げなさい」

言われて顔を上げると、なんかジト目で睨まれていた。

「こほん。神託と言っても、今回は当代の勇者を交えた話し合いである。それゆえ我自らが意識を降ろした。というわけで、みな楽にしていいわ。ここからは、多少の無礼も目をつむるから」

またもジト目が飛んでくる。

俺への気遣い感謝です。お偉いさんへの正しい接し方って知らないのよね。

でも俺は知っている。読み取るまでもなく、ペリちゃん自身が『仰々しい言葉遣いをするのが苦手』だからだ。

「さて、話し合いの目的はひとつ。悪竜にどう対処するか、その一点よ」

居並ぶ方々が息を呑《の》む。

ペリちゃんは静かに、それでいて決意を瞳に宿して告げた。

「結論から言うわ。悪竜は、今回も封じます」

ざわめきが生まれた。

すぐさまエレオノーラさんが窘《たしな》める。

「静粛に。思うところはさまざまあるでしょうけれど、まずは大地母神様のお考えを傾聴しましょう」

目礼にうなずきを返したペリちゃんは、こほんと咳払《せきばら》いして話し始めた。

「勇者アース・ドラゴが悪竜を封じておよそ三百年。討伐はもちろん、封印も困難と思われた中では奇跡と言ってよいでしょう。この長い時間は、我らに『完全封印』の可能性をもたらしたわ」

再びのざわめき。

エレオノーラさんがみなを手で制すのを待って、ペリちゃんは続ける。

「特に、試験的に行った妖精王の力を活用しての封印補強策は、絶大な効果を示している。彼女には気の毒ではあったけれどね」

お試しで三百年も自由を奪われるとかウーたんも哀れだな。

というか、かなり怒ってよさそうだけど、あんま気にしてないっぽいのがすごいというか。

「我らはこの策を発展させ、理論上は悪竜を永久に封印する方策を編み出したわ。今回は、それを実践します」

おおっ、と期待に満ちたどよめきが起こる。

永久に封印できるのなら、それは打倒と同義。みんな、そう考えているのだろう。

でも、俺はどうにも背中がむずむずする。

ウーたんを利用しての封印強化。それを基に考案された新たな封印方法ということは……。

「それって、誰かを犠牲にするってことですか？」

　思わず口に出た俺の言葉に、ペリちゃんは――。

「犠牲、と呼ぶのは適切ではないわね。現在この世界に存在しない者が、悪竜とともに永遠を過ごすというだけの話よ」

「現在、この世界に存在しない者……？」

　ペリちゃんは小さくうなずいて、

「大地母神《このわたし》が、封印の鍵となりましょう」

　しんと、辺りが静まり返った。

「そのためにもまず、わたしが現界する必要があるわ。さすがにシルフィーナ《この少女》の体を利用するわけにはいかないもの。神が現界するにあたってはあなたたちにいろいろ準備を手伝ってもらうことになるから、その辺もよろしくね。あと、封印に特化したかたちでの現界になるから、戦闘力は期待しな――」

「ちょ、ちょっと待ってくださいよっ」

「何かしら？」

「本当に、それでいいんですか？　どうしてペリちゃんが……」

愛称で呼んでしまったのでじろりと睨まれたけど、ペリちゃんはそこに言及せず、諭すように語る。

「神とは〝外に在りて見守るもの〟。天からであろうと、悪竜とともに地の底にいようと、場所は問わないわよ」

神様の在り方なんて俺にはわからない。

だからペリちゃんがしれっと言うなら、大した違いはないのかもしれない。

「でも、倒しちゃえばいいんですよね？　悪竜を」

それで万事解決。少なくとも、あらかじめ決められた犠牲者はいなくなる。

「無理よ」

即答だった。

「我らに対策をするだけの時間が与えられていたように、悪竜もこの三百年間、何もしていなかったわけじゃないわ。日々少しずつ、着実に絶望を喰らい、力を蓄えていたのよ。はっきり言って、もう我らの手には余る。いえ、打倒は不可能なの」

「でも――」

「無理を通して失敗したら何も残らないの。神《わたし》がいいと言っているのだから文句言わないのっ」

ここで反論してもペリちゃんは考えを曲げはしないだろう。

俺は以降、ひと言も口を挟まずに、話し合いを傍観するのだった――。

シルフィの膝に頭を乗っけ、流れる雲を眺めていた。

話し合いが終わったあと、いろんな人に聞いたけど、やっぱり悪竜は打倒ではなく封印するのがよいとの意見ばかりだった。

信仰の対象を失うことになりかねないとしても、その神様自身が決めたことだから、と。

釈然としない。

納得がいかない。

もっとこう、スマートなやり方があると思うんだけどなあ……。

「メルくん、むつかしい顔してる」

「むぅ……」

「みんな、大地母神さまの意見に賛成だから？　わたしも、そうだし……」

「まあ、わかってはいるんだ。ペリちゃんのやり方が今は最良なんだって」

「今は……？」

「そう。今は。だから納得できないっていうか、もっと考えようよってさ」

シルフィはふむと顎に手を添えて、何やら黙考してから。

「もしかしたら、あの人はメルくんに賛成かも」

言って、俺が腰に差した剣に指で触れた。

「おい、ちょっと待った。まさか――」

俺が止めるのも聞かず、シルフィは早口に何事か口ずさみ――。

「降りたまえ、勇者アース・ドラゴっ」

跳ね起きたが間に合わず、シルフィの端正な顔にニヒルな笑みが浮かんだ。

「ふむ、これほど自我が明確な〝口寄せ〟とは驚きだ。固有スキルを持たずにコレか。この娘、末恐ろしいな」

なんてことだっ。一番憑依してほしくない人がシルフィに入ってしまったぞ！

「ほう。少年、ソレを抜いたのか。つまり当代の勇者というわけだな」

「ん？　俺を知らないんですか？　前に会ってますよ？」

首をかしげる（シルフィの姿をした）アース・ドラゴさんに、『勇者の剣』を抜いたときの話をした。

「……なるほどな。ならば答えはすでに知れている。そのときのオレは剣の〝記録〟が具現化した奇跡であって、肉体から離れた今のオレこそがオリジナルだよ」

本質は変わらないがね、とシルフィの姿で肩をすくめるのはやめていただきたいっ。

「さて、では本題だ。オレを降ろした目的はなんだ？」

状況がさっぱり飲みこめていない元勇者様に、これこれこうですと丁寧に説明する。

「――というわけで、俺は悪竜を倒したほうがいいと思うんですよ」

「倒せる自信はあるのか？　根拠は？」

「えっ、いや、なんとなく、ですけど……」

ぶっちゃけ、やってみなくちゃわからない。

でもそれって、封印するのも同じなんだよね。

「なんとなく、か。大した根拠だな。いや、皮肉で言っているのではないぞ？　〝神の眼〟を持つオマエがそう確信したのなら、これ以上の理由は必要ないさ」

いや、『確信』にまでは至っていないのですが……。

「状況を伝え聞いているだけだが、オレなりの確信もある。あの女神が安全策に固執するときは、その逆を張るとたいていうまくいく。賭けるならそっちだ」

あー、ちょっと心当たりあるかも。

「冗談はさておき」

冗談かよっ！

「神という連中は、どうにも『人』を過小評価するきらいがある。信仰を糧《かて》とする連中にとっては致し方ないことだがね。神以外が〝神の眼〟を得たらどれほどの力を発揮するか、実感が伴わないのも無理はない」

「えっと、つまり……？」

「かつて複数の勇者が協力して悪竜に挑んだこともある。が、結果は知っての通りだ。勇者の力を持つ者が複数いても、単純な足し算にはならない」

だが、と。

アース・ドラゴさんは（シルフィの顔のまま）鋭い視線を俺に突き刺した。

「オマエは違う。オマエが勇者の力を二人分得られるなら、三百年かけて力を蓄えた悪竜を打倒することも可能だ」

ふむ。俺自身が勇者並みに力をつけて、その上で勇者の力を〝神眼〟で読み盗って上乗せする、というやつだな。

「てことは、俺が一人でがんばらなきゃダメなのか。いちおう、勇者並みに強くなれそうな人が一人、いるんですけど」

俺がマリーの話をすると、アース・ドラゴさんは、にっと笑った。シルフィの顔でもうやめて……。

「『天眼』に『狂化』か、面白い。注意を引く以上の働きはできるだろう。あとは現界した大地母神と、ついでに妖精王をだまくらかして利用してやれ。ともに戦闘力は期待できないが、使い方次第では数秒動きを止められる」

なんとなく感じていたけど今確信した。

「この人、思考が悪人のそれだっ！」と、つい口に出ちゃった。

「オレのような弱者が正当な悪に抗うには必要なのでね。その意味では、絶対強者たる可能性を秘めたオマエはマネしなくていいのだが……神と妖精は使い倒すのが正しいやり方だ、とだけ言っておく」

心にとめておこう。

とりあえずシルフィに嫌われるようなことはしないぞ。

気合を入れたところで、そろそろお開きにしよう。

「長々とお話ししてもらって、ありがとうございました」

「ああ、健闘を祈る。文字通り草葉の陰からな」

「あれ？　今回は『最後にひとつ忠告しておこう』とかはないんですか？」

「む、別のオレはそう言ったのか。我ながらお節介が過ぎるな。まあ、今は何もない」

「またお話を聞かせてもらってもいいですか？」

「構わんが……必要なときはもう来ないように思うぞ？　オマエはすでに単体として完成されている。今回も、オレは背を軽く押した程度の助言しかしていないからな」

「俺が、完成……？」

「さすがに確証はないが、オマエ——」

アース・ドラゴさんは真剣な眼差しで、とんでもないことをおっしゃった。

「今すぐにでも悪竜に勝てるんじゃないか？」

えっ、そうなの？

さすがに俺も確証がなさ過ぎて自信がない。

「だからこそ、準備を万端にすることだ。必要だと思うことはなんでもやれ。それが勝利の確度を飛躍的に上げる」

アース・ドラゴさんはそう言って、『さらば』とも言わずにシルフィの体からいなくなった。

「……メルくん、もう悪竜より強いんだね」

「いやあ、どうだろう？　真《ま》に受けていいのかどうか……」

ま、それでも。

最弱と蔑まれてなお、三百年も悪竜を封じることに成功した人の言葉だ。

「準備万端整えて、さくっと悪竜を退治してやりますかっ」

天高らかに宣言すると、シルフィも「うんっ」と気合十分に応じてくれたのだった——。

おまけ短編　彼とわたしの戦う理由

自分は神託に選ばれし〝光の巫子《みこ》〟。それゆえに〝神の眼〟を持つ勇者とともに、悪竜を打倒する。

シルフィーナが神託を受けてから、何度も自問し、ようやく導いた結論。

しかし世界の脅威に挑む理由が、半ば義務感であることに思い悩んでいた。

しかも、巻きこむのは大切な人。

彼に勇者としての責務を強要するのは心が押しつぶされるほど苦しかった。

ところが、当代の勇者メル・ライルートはあっけらかんと言う。

——世界がどうとかなんて、俺にはピンとこない。

——俺はただ、のんびり楽しく暮らしたいだけだよ。

だから、彼は悪竜を倒すと決意した。

自身の穏やかな生活を守るため。そんなごくごく個人的な理由で、世界を滅ぼしかねない脅威に挑むのだ、と。

どこか矛盾し、破綻した考えにも思えたが、シルフィーナは『なるほど』と納得した。

彼は、そんな風に考える人なのだ、と。

しかしメルの考え方が、理解できたわけではなかった。

シルフィーナには、この一年ほどの記憶がない。メルと一緒に過ごした日々のほとんどは思い出ではなく、彼が語った『情報』として知っているだけだ。

彼自身の人となりを、自分はかつての自分ほども知らない。

メルの本質を知りたいと強く思った。

だからもっと深く彼のことを知ろうと、悪竜に挑む決意に至った根柢《こんてい》の理由を尋ねても、

「ん？　それだけだぞ。のんびり楽しく。『そうしたいからやる』。それ以外に理由なんてないさ」

どうやら自覚がないらしい。

ならば、と。シルフィーナはメルの観察を始めるのだった――。


悪竜に協力する妖精の存在が明るみになり、いよいよ悪竜との戦いが現実味を帯びる中。

メルは不可解な行動を取る。

悪竜と戦う上で必要なアイテムを、初対面の人に譲ったのだ。

しかも相手は、因縁ある鬼人族の男の妹。お金に困っていた彼女に、稀少《きしょう》な素材を採取する手

助けまでした。

——べつに急いで欲しいものじゃないからね。

軽く言う彼の真意を知りたくて、折を見てもう一度、理由を尋ねてみたところ。

「昔、母さんが言ってたんだ。人助けってのは、そのうち自分にも返ってくるもんだ、ってね。だからまあ、そのうちいいことがあるんじゃないか？」

あくまで自分のためにやったこととメルは言う。

けれど確実性はなく、実際に彼女から直接のお返しを期待している風ではなかった。

不思議な人だと思う。

彼の本質は、いったいなんなのか？

しかし彼の言動を観察すればするほど、謎は深まるばかりだった——。


『妖精の国』へとやってきて、妖精王ウルタの試練を受けるメルたち一行は、三日目に入ってもまだ王宮に近づくことさえできずにいた。

遠くに、真っ白な王宮が見える。

朝っぱらから始まった今回の試練は、たくさんの魚を釣ること。

釣った魚はキャッチ&リリース。それを千回繰り返せとの無茶振りだった。

しかし、である。

「シルフィ、そっちに行ったぞ！」

「わ、わわわっ」

白い水着を身に着け、シルフィーナはおっかなびっくりで魚を網ですくう。水着も網も妖精王が用意したものだ。

「と、獲れたっ。捕まえたよっ」

下着同然の姿には最初こそ抵抗があったものの、みんな同じ格好だし、何より魚釣り（すくい？）が楽しくて、シルフィーナは水と魚と戯れていた。

「にゃにゃにゃにゃにゃにゃにゃあっ！」

固有スキル『狩り』のランクがAのクララは素手で魚を獲りまくり。

「入れ食いってレベルじゃないわね、これ」

唯一釣り竿《ざお》を持つリザは、すこし離れた場所で餌もつけずに釣り糸を垂らしては魚を釣り上げていた。

天空から野太い声がする。

『わっはっは。用意した魚の量を間違えたぞ☆』

妖精王はまったく悔しそうではなかった。

ちょうどお昼になったころ、試練は無事にクリア。今回は楽しんだだけで終了してしまった。

今回もご褒美はバーベキュー。妖精たちが準備し、釣った魚の一部を串焼きにしていただく。

メルは早々に食べ終わると、川に飛びこんで遊び始めた。

女子三人、妖精たちが用意してくれたお茶をすすりながら眺めていると。

「子どもみたいにはしゃいじゃって、まあ」

リザが苦笑交じりにつぶやいた。

「あいつ、妖精の国へ来たのが悪竜退治の一環だって忘れてない？」

リザにメルを批判する意図はなかったろう。

シルフィーナはそう感じながらも、本当に忘れてしまっているのでは、と危惧してもいた。

メルの本質を知るには、他の人が彼をどう捉えているかが参考になるかもしれない。

そう思い、メルが悪竜退治を決意した話を、リザとクララにしてみる。

「のんびり楽しく、か。メルらしいわね」

「ボクもそんなふうに暮らしたいですっ」

二人とも好意的に受け止めているようだ。しかし、

「そこから悪竜と戦おうって発想は、さすがに理解できないわ」

「ボクだったら、恐くて逃げちゃうかもです」

やはり二人にとっても理解しがたいらしい。

「まあでも、実力が伴ってるからこそ、そんな結論に至ったのかもね。すくなくともあたしなんかじゃ、悪竜をどうこうしようって考えられないもの。もちろん、できる限りのサポートはしたいと思うけど、なかなか難しいわよね」

リザは照れたように頬《ほお》をかいた。

クララもうんうんとうなずいている。

力があるから。

メルはあらゆるものを見通し、勇者をも読《よ》み盗《と》る〝神の眼〟を持っている。

だから個人的な理由で、世界の脅威に挑むことができるのだろうか?

そこに彼の本質を知り得る答えがあるのかもしれない――。

妖精の国で悪竜の一部(尻尾)との戦いを乗り越え、エルフの国に戻ると、意外な人物が待っていた。

マリアンヌ・バーデミオンである。

彼女と会った記憶を、シルフィーナは持っていなかった。しかし伝え聞く限り、彼女は次期勇者と目されるほどの実力者であり、悪竜との対決にも臆さず、行動を共にする運びとなった。

彼女も引き連れ、巨大な悪魔《デーモン》が支配する塔を攻略したそのとき。

またもメルが不可解な行動を取った。

塔の攻略目的であり、自身の成長を早める特殊なアイテム『グロウダケの護符』を、マリアンヌに譲ったのだ。

一人で使うよりも、二人で共有したほうがいい。

そんなメルの言い分は納得できる。マリアンヌに限定スキルが付与されても、彼の『鑑定』スキルで読み盗って使えるからだ。

今回の行動も、メルに根差す奥深い考え方に起因するはずだ。

自分にはいまだ知り得ないものでも、彼の横に並び立つほどの人物なら、理解しているかもしれない。


『グロウダケの護符』を入手して数日後。

修業に精を出していたマリアンヌをシルフィーナは訪ねた。休憩に入ったタイミングを見計らい、水の入ったコップを彼女に差し出す。

メルが悪竜と戦おうと決意した理由を伝え、マリアンヌの感想を訊《き》く。

マリアンヌは喉を潤してから、微笑みを浮かべた。

「……『のんびり楽しく』ですか。実にメルさんらしい考えですね」

ですが、と首を横に振る。

「やはり私にもわかりません。『穏やかな生活』を得るために、『世界の脅威に挑む』という発想は、どこから生まれたのか」

だからこそ、自分も彼の本質に興味がある、とマリアンヌは続けた。

「私もシルフィさんの考察に参加してよいでしょうか？」

「もちろんっ。でも、どこから考えればいいかな……？」

二人、顎に手を添えて考えたのち。

「もしかして、悪竜をそれほど脅威に思ってないのかな？」

シルフィーナが疑問を投げる。

「なるほど。メルさんにとって悪竜は、『畑を荒らすイノシシ』とさほど変わらないのかもしれませんね」

「イノシシ……？」

「剣を持ったことのない少年なら、正面切っての戦いはイノシシとて命にかかわる脅威となり得ます。が、同時に、罠《トラップ》を仕掛けるなど知恵と勇気でどうにかなる相手でもあります」

その喩えであれば、平穏な生活を守るために脅威に挑むのは理解できた。

「メルさんは〝神眼〟と呼ばれる大きな力を得ました。イノシシ程度なら、臆する必要もないのでしょう。ただ、まだ彼の本質には迫っていないような気がします」

もっと根本的な部分――メルにだけ備わっている『芯』があるのでは？　とマリアンヌは言う。

そんな彼女にシルフィーナは尋ねた。

「マリーさんは、もし勇者になっていたら悪竜と戦うの？」

「……ええ。ですが、理由は後ろ向きなものでしょう。騎士の矜持《きょうじ》、自己犠牲の精神といえば聞こえはよいかもしれませんが、『他の誰にもできないのなら仕方がない』との考えに起因するものですから」

「わ、わたしだって、そうだよ？」

暗く目を伏せたマリアンヌを慌ててフォローする。実際、自分もそうなのだ。神託で指名されたから。〝光の巫子〟だから。エルフの国の、王女だから。

義務感で動くだけの自分が、恥ずかしかった。

「でもきっと、メルくんは違うんだよね」

ええ、とマリアンヌはうなずく。

「メルくんはたぶん、自分でできることを他人任せにしたくないんだと思う」

マリアンヌが目をぱちくりさせた。

「なるほど。さすがシルフィさん、よく見ていますね」

シルフィーナは照れつつも、それが彼の本質ではないと考えていた。

「前にメルくんが言ってた。『人助けは、そのうち自分にも返ってくる』って。お母さんの言葉だって」

「情けは人の為ならず、ですね。自分でやれることは自分でやる。ともに非常に前向きな考えですが、どこかドライにも受け止められますね。客観的に見て、メルさんはもっとこう、無償の奉仕精神にあふれているように思うのですが……」

「そうだよね……」

二人、うんうんと頭を悩ます。

「もしかすると——」

マリアンヌがぼそりとつぶやいた。

「メルさんは『のんびり楽しく暮らす』ことに、我々と違った価値を見出しているのではないでしょうか?」

「違った、価値……?」

「あるいは、我らが見落としている側面がある、とか?　すみません、うまく言葉にはできないのですが……」

のんびり、楽しく。たしかに抽象的で、これと決まった基準があるものではない。

「ここまで近づいたのです。今なら、メルさんも自覚できるのではないでしょうか?」

「直接、訊くんだね?」

マリアンヌは大きくうなずく。

ただタイミングは重要だ。今は妖精デリノの襲撃を警戒している大事な時だから――。


アース・ドラゴとの再会を果たし、悪竜の打倒をあらためて決意したメル。

訊くなら今だろう。

シルフィーナは思いきって尋ねた。

「メルくん、前に言ってたよね。悪竜を倒すのは、『のんびり楽しく暮らしたいから』だって」

「ん？　ああ、言ったな」

「本当に、それだけが理由なの？　わたし、よくわからなくて。穏やかに暮らしたいのに、どうして命の危険を冒す必要があるのかな、って」

メルはきょとんとしていたが、やがてニカッと笑った。

「ほら、シルフィもやってみろ。笑うんだよ」

「えっ？　えっと………えへへ？」

わけがわからず、ぎこちなく笑うと。

「ちょっと硬いけど、まあいっか。要するに、それだよ」

「……笑顔？」

首をかしげると、メルは楽しそうにうなずいた。

「『のんびり』ってのはいいとして、独りぼっちだと楽しくないだろ？　で、周りの人たちが笑ってくれると、俺は楽しいんだよ」

屈託のない笑みで言うメルを見て、シルフィーナはようやく理解した。

彼の本質。

そんなもの、とっくに知っていたという事実を。

メルは誰かの笑顔が大好きで。

そのためなら、命の危険も顧みない。

そんな、優しい人だったのだ、と。

嬉《うれ》しくなると同時に、義務感から悪竜に挑もうとする自分が矮小《わいしょう》な存在に思えた。

暗く目を伏せたシルフィーナの頭に、ぽんと手が置かれる。

「お前だって、そうだろ？」

「え……？」

弾かれるように顔を上げると、温かな微笑みが彼女を迎える。

「笑顔がどうとかじゃなくってさ。逃げ出さず、前に進む理由ってのを、持ってるだろ？」

「わたしのは、そんなたいそうなものじゃなくて……。わたしは、〝光の巫子〟だから、神託で選ばれたから、王女だから――」

「他の誰かに、押しつけたくなかったんだよな?」

わしゃわしゃとメルは頭を撫《な》でまくる。

「やっぱシルフィはいい子だなあ」

結局のところ、メルの本質はすでに知っていたことで、自分は自分のことすらわかっておらず、逆に教えられただけだった。

「ま、あんまり難しく考えずにさ。『やりたいことをやる』。それでいいんじゃないか?」

メルの手が離れる。名残惜しく感じながらも。

「うんっ。わたし、メルくんと一緒に悪竜を倒すよっ」

「おうっ。がんばろうな」

迷いは断ち切れた。

今、彼と歩んでいる道は、自らが決め、選んだのだから——。

あとがき

澄守彩《すみもりさい》です。またの名を『すみもりさい』です。こんにちは。

Kラノベブックスからは別作品も発売中です。

『アラフォー営業マン、異世界に起つ！～女神パワーで人生二度目の成り上がり～』

こちらもよろしくどうぞっ、ということでひとつ。


おかげさまで二巻を発売するに至りました。

この勢いで三巻まで突っ走って悪竜なんてちょちょいのちょいでメルくんがぶっとばすぞぉ！

なところにまで行ける気がします。

なにとぞよろしくお願いしますです。


さて、今回はヒロインであるシルフィーナの故郷、エルフの国に到着したメルたち一行の前に、悪竜に与《くみ》する妖精が刺客を放ってきて……という流れからの大冒険。

RPG的なノリでダンジョンを攻略してレアアイテムをゲットしたり、一巻では存在の言及にとどまっていた妖精の国へ赴いて、妖精王となんやかんやしたり。

メルの活躍や仲間とのやり取りなど見どころ満載の今巻ですが、お薦めは新キャラである妖精王ウーたんでしょうか。

表紙で不敵に微笑む妖艶な美女さんですが、なんというかもう、書いてて一番楽しいお方でした。

皆さまにもお楽しみいただければ嬉しいです。


今回も書き下ろしのおまけ短編を収録しています。

記憶を取り戻したものの、メルとの思い出が消えてしまったシルフィーナが、メル・ライルートという少年の本質に迫ろうと観察をする、という内容。

本編のいくつかのシーンに絡みシルフィーナ視点で語られるお話ですので、本編を先に読まれてからがよろしいかと。


ここらで謝辞を。

イラスト担当の冬馬来彩《とうまきさ》さん。今回も美麗なイラストをありがとうございました。新キャラ、素敵です。

Kラノベブックス編集部の皆さま、担当の栗田《くりた》さん。文庫のほうでもお世話になっていますが今後とも末永くご指導・ご鞭撻《べんたつ》のほど、よろしくお願いいたします。

最後になりましたが、読者の皆さまへ心からの感謝を。

二巻がこうして出せましたのも、皆さまの応援があってこそ。Ｗｅｂ版をご覧の方もそうでない方も、メルくんの冒険をお楽しみいただけましたら幸いです。

澄守　彩

ファンレター、
作品のご感想を
お待ちしています。

あて先

〒112-8001　東京都文京区音羽2-12-21
（株）講談社　ラノベ文庫編集部 気付
「澄守彩先生」係
「冬馬来彩先生」係

より魅力的で楽しんでいただける作品をお届けできるように、
みなさまのご意見を参考にさせていただきたいと思います。
Webアンケートにご協力お願いします。

https://eq.kds.jp/lightnovel/6272/

【講談社ラノベ文庫オフィシャルサイト】
http://lanove.kodansha.co.jp/

【編集部ブログ】http://blog.kodanshaln.jp

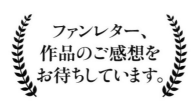

Kラノベブックス

俺《おれ》の『鑑定《かんてい》』スキルがチートすぎて2
～伝説《でんせつ》の勇者《ゆうしや》を読《よ》み“盗《と》り”最強《さいきよう》へ～

澄守《すみもり》 彩《さい》

2017年10月31日第1刷発行

発行者	森田浩章
発行所	株式会社 講談社 〒112-8001 東京都文京区音羽2-12-21
電　話	出版 (03)5395-3715 販売 (03)5395-3608 業務 (03)5395-3603
デザイン	ムシカゴグラフィクス
本文データ制作	講談社デジタル製作
印刷所	豊国印刷株式会社
製本所	株式会社フォーネット社

ISBN978-4-06-365043-3　N.D.C.913　258p　18cm
定価はカバーに表示してあります

Kラノベブックス
毎月2日発売
異世界で選んだ職業は、
営業!!
新シリーズ
アラフォー営業マン、
異世界に起つ!
~女神パワーで人生二度目の成り上がり~
著 澄守 彩 ill. いちぢるし
鬼瓦正蔵はある日女神と出会い、うだつの上がらなかった人生から一転、一度目の成り上がりを果たす。
妻と三人の娘に囲まれ、念願のマイホームを手に入れた41歳の春、あり得ない事態に巻き込まれる。
突如として家ごと異世界に転移してしまったのだ。生活のため、零細の冒険者ギルドに就職した正蔵。掲げた目標、『一年以内に零細ギルドを街一番に押し上げる』は達成できるのか?
「だいじょうぶですっ。だっておとーさまは、むてきですから!」(三女談)
日本で培った営業スキルや妻とXXX(自主規制)して得たチート能力(物理)を駆使し、エルフや獣人、貴族たちをも巻き込んで、正蔵は人生二度目の成り上がりを開始するっ!
Kラノベブックス公式サイト http://lanove.kodansha.co.jp/k_lanovebooks/